宝石之国

8

市川春子

登場人物介紹
紫翠玉
硬度／八・五
雙重人格。
因為原本搭擋金綠柱石的
個性穩重又溫柔，
所以被寵壞了。
翡翠
硬度／七
藍柱石比他年長不少，
但是相當信賴他。
藍柱石
硬度／七・五
穩重有智慧。
雖然推舉翡翠為領導人，
其實握有主導權。
磷葉石
硬度／三・五
主角。
磷葉石的要素
幾乎都沒了。
這次也請期待
他的行動。
紫水晶
硬度／七
雙晶體。
就算不怎麼說話，
還是可以知道
彼此的想法。
藍錐礦
硬度／六・五
一般人代表。
不知道柱星葉石
在想什麼，有時
會覺得很不安。
黑水晶
硬度／七
漸漸習慣被套上可愛的衣服。
使盡全力不被吵醒。
柱星葉石
硬度／五・五
滿是謎團，不說話。

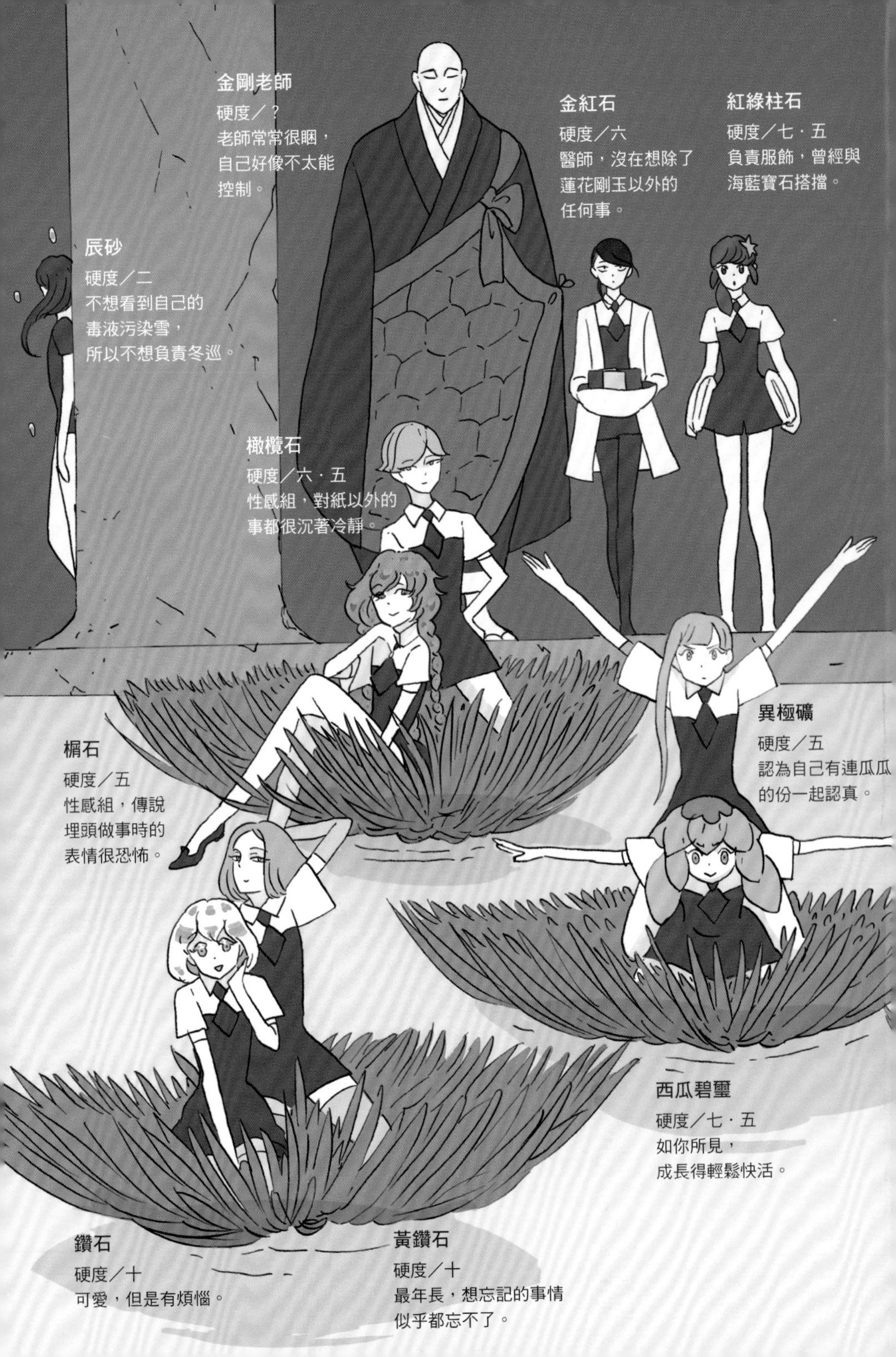
金剛老師
硬度／？
老師常常很睏，
自己好像不太能
控制。
金紅石
硬度／六
醫師，沒在想除了
蓮花剛玉以外的
任何事。
紅綠柱石
硬度／七・五
負責服飾，曾經與
海藍寶石搭擋。
辰砂
硬度／二
不想看到自己的
毒液污染雪，
所以不想負責冬巡。
橄欖石
硬度／六・五
性感組，對紙以外的
事都很沉著冷靜。
異極礦
硬度／五
認為自己有連瓜瓜
的份一起認真。
榍石
硬度／五
性感組，傳說
埋頭做事時的
表情很恐怖。
西瓜碧璽
硬度／七・五
如你所見，
成長得輕鬆快活。
鑽石
硬度／十
可愛，但是有煩惱。
黃鑽石
硬度／十
最年長，想忘記的事情
似乎都忘不了。

目次

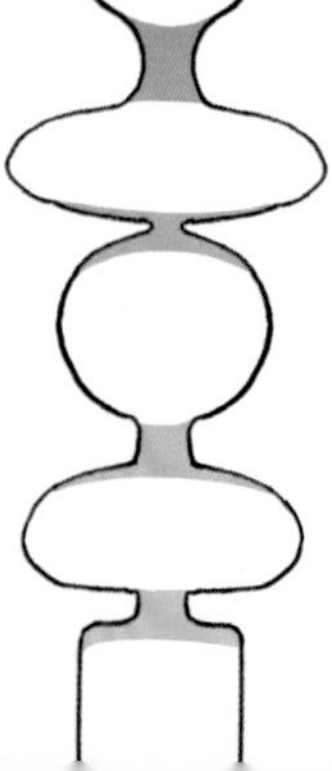

第五十三話
月世界

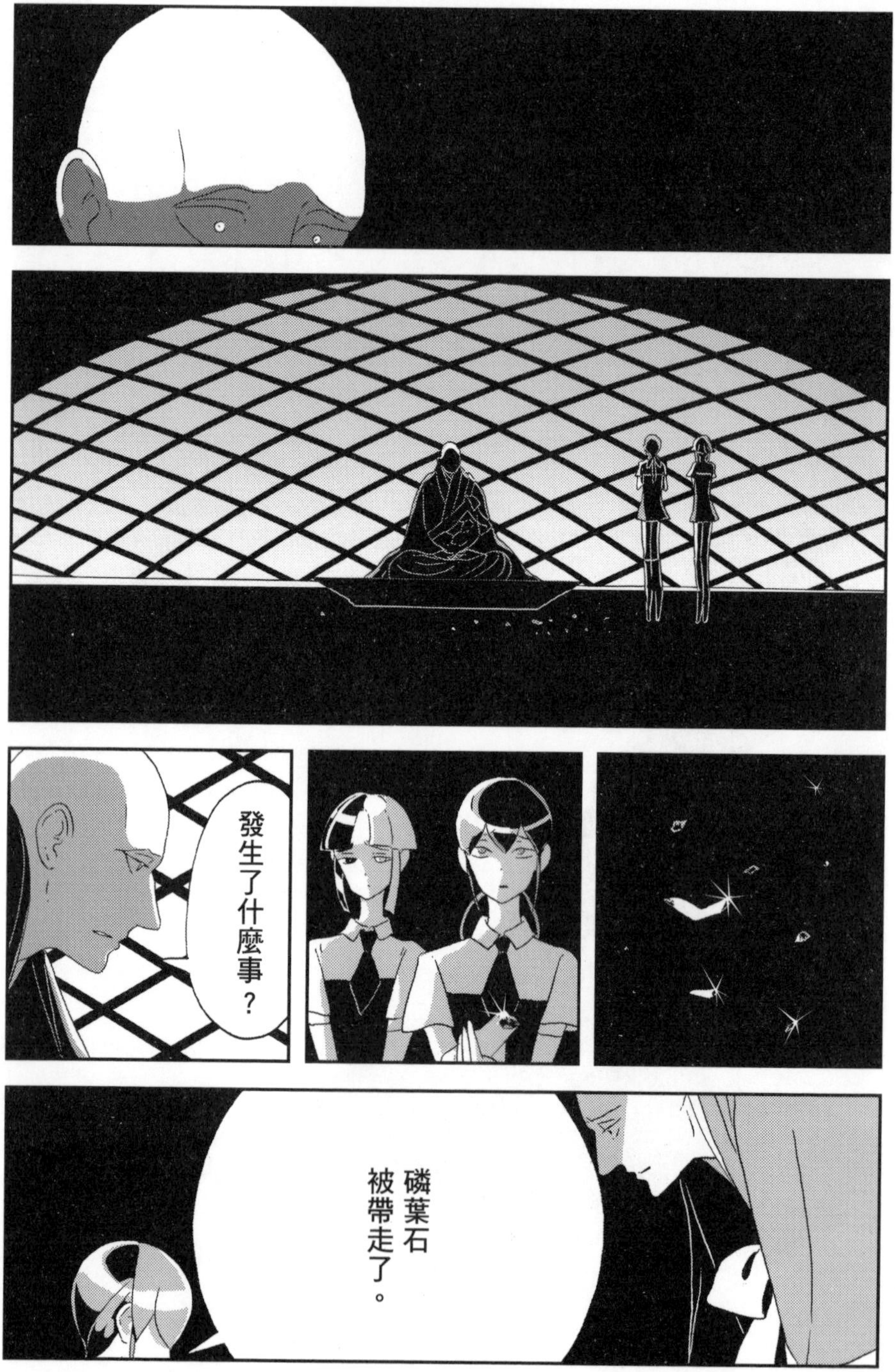
發生了什麼事？
磷葉石
被帶走了。

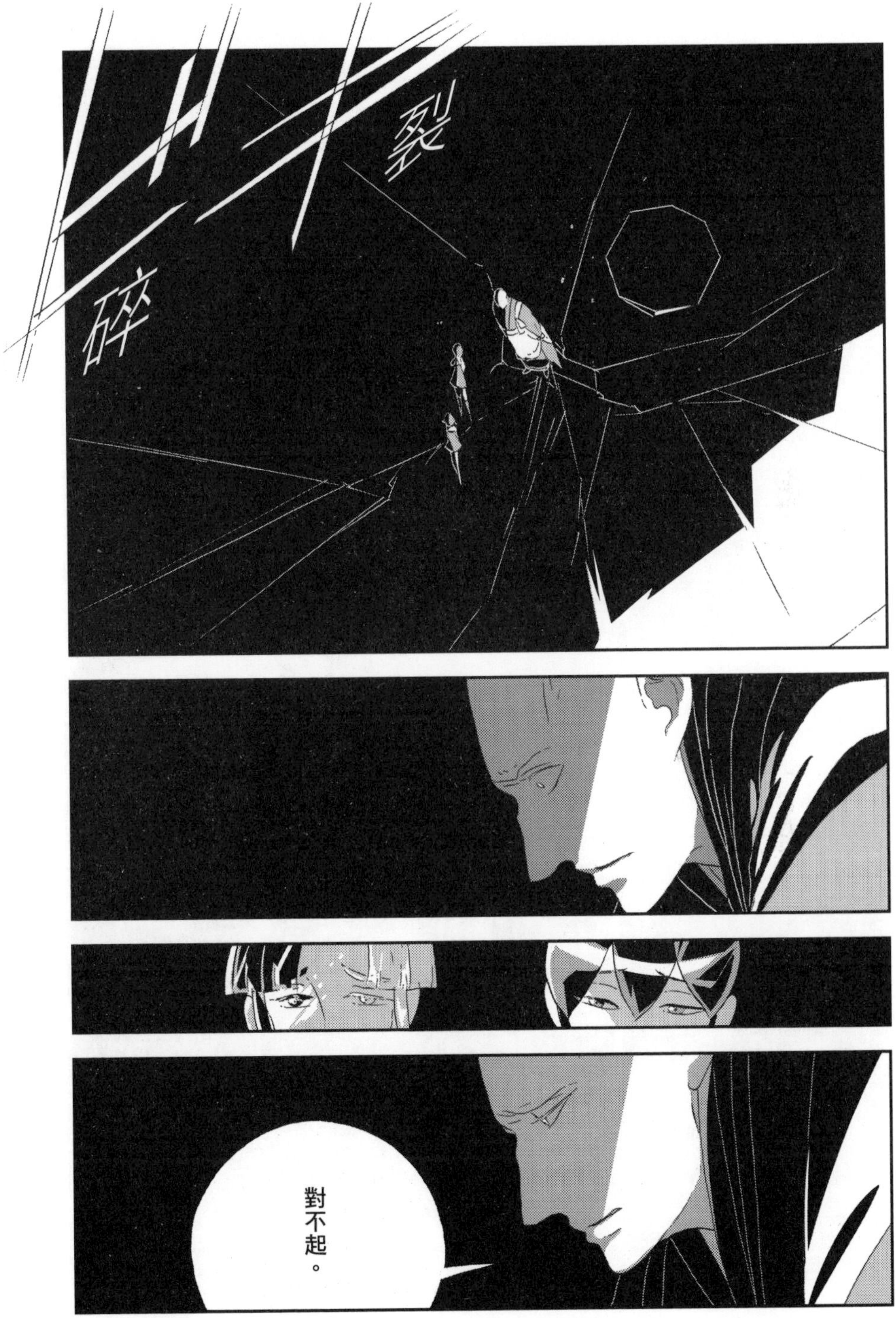
裂
碎
對不起。

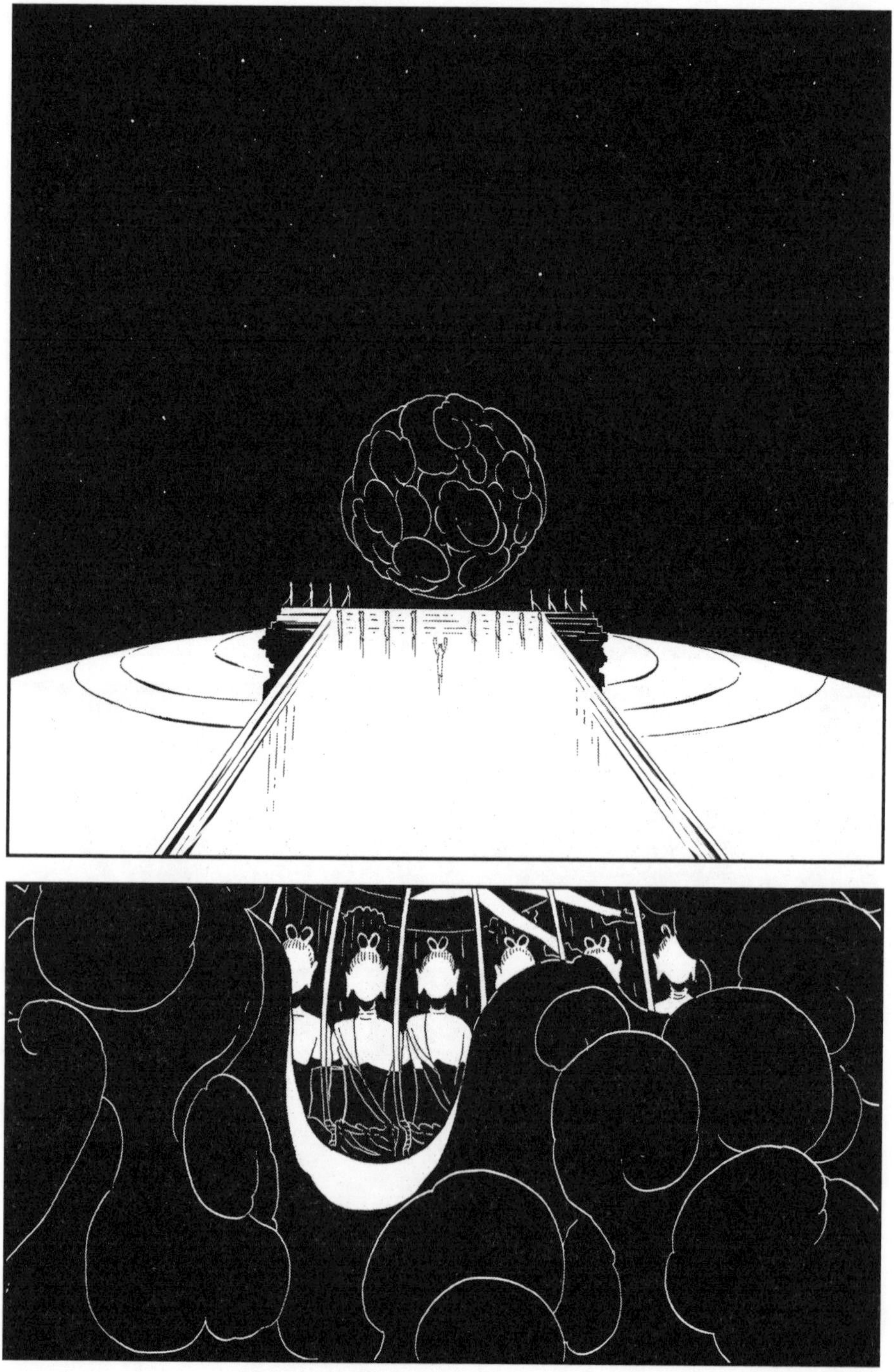

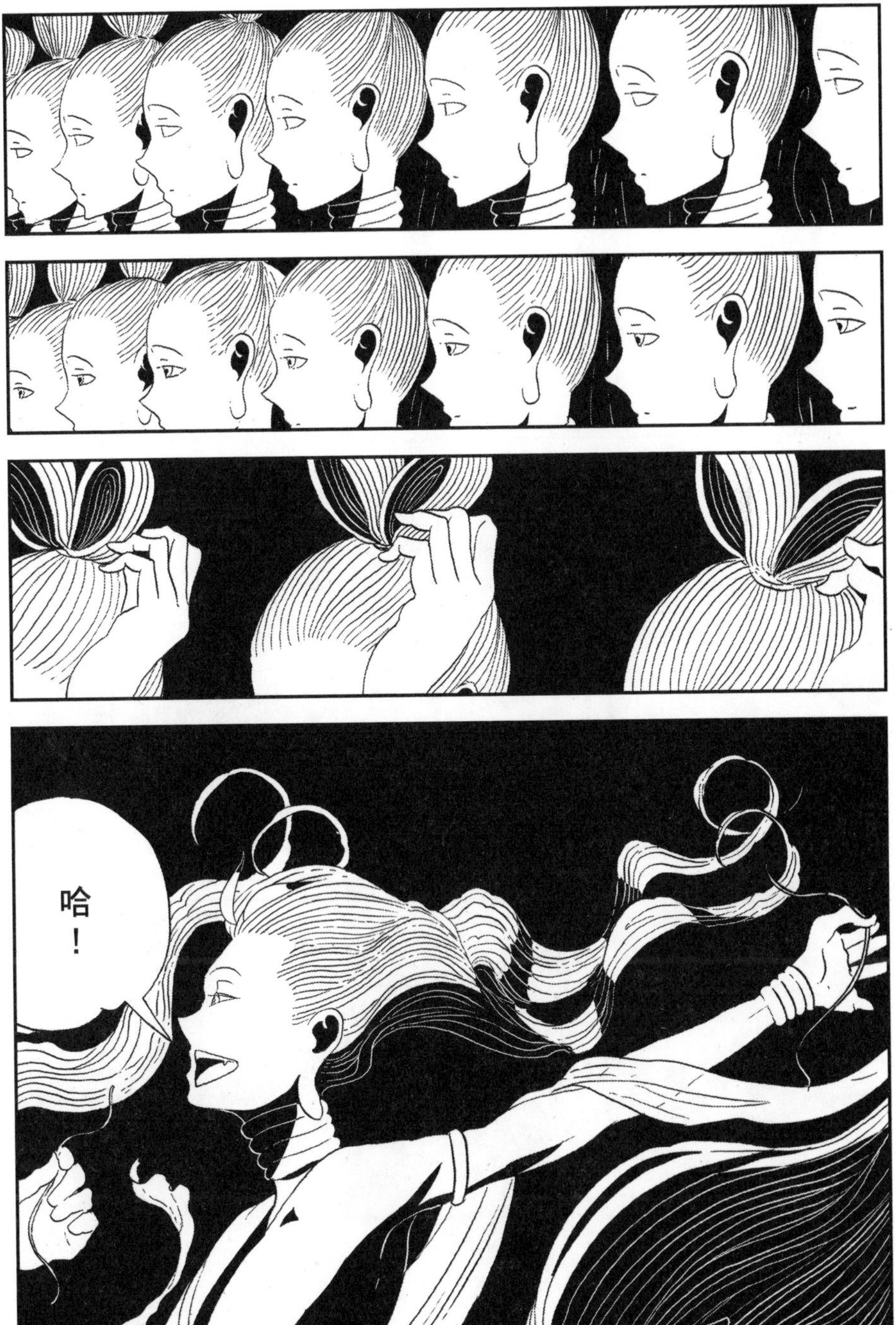
哈！

你們看，
你們看～！
今天大・豐・收・唷～～～！
提示！
嗚哇，
啊，這是……
磷葉石？
對！
該不會是那隻變種吧？
沒～錯～！
而且還是全身唷！
好厲害～！
厲害吧厲害吧？

這顏色真的好美！
裂痕有點多，但是透明度跟色澤真的是沒話說。
雖然跟過去常常採到的魚眼石很像，逸品就是不一樣呀。
手臂是金吧？怎麼處理好呢？
擺在一起就行了吧？等等去問問看…

喀嚓

這，還會動嘛！
為什麼?!
明明確認好幾次了啊！
騙人！
……
若無其事
在那邊聊天。
當我白癡啊？

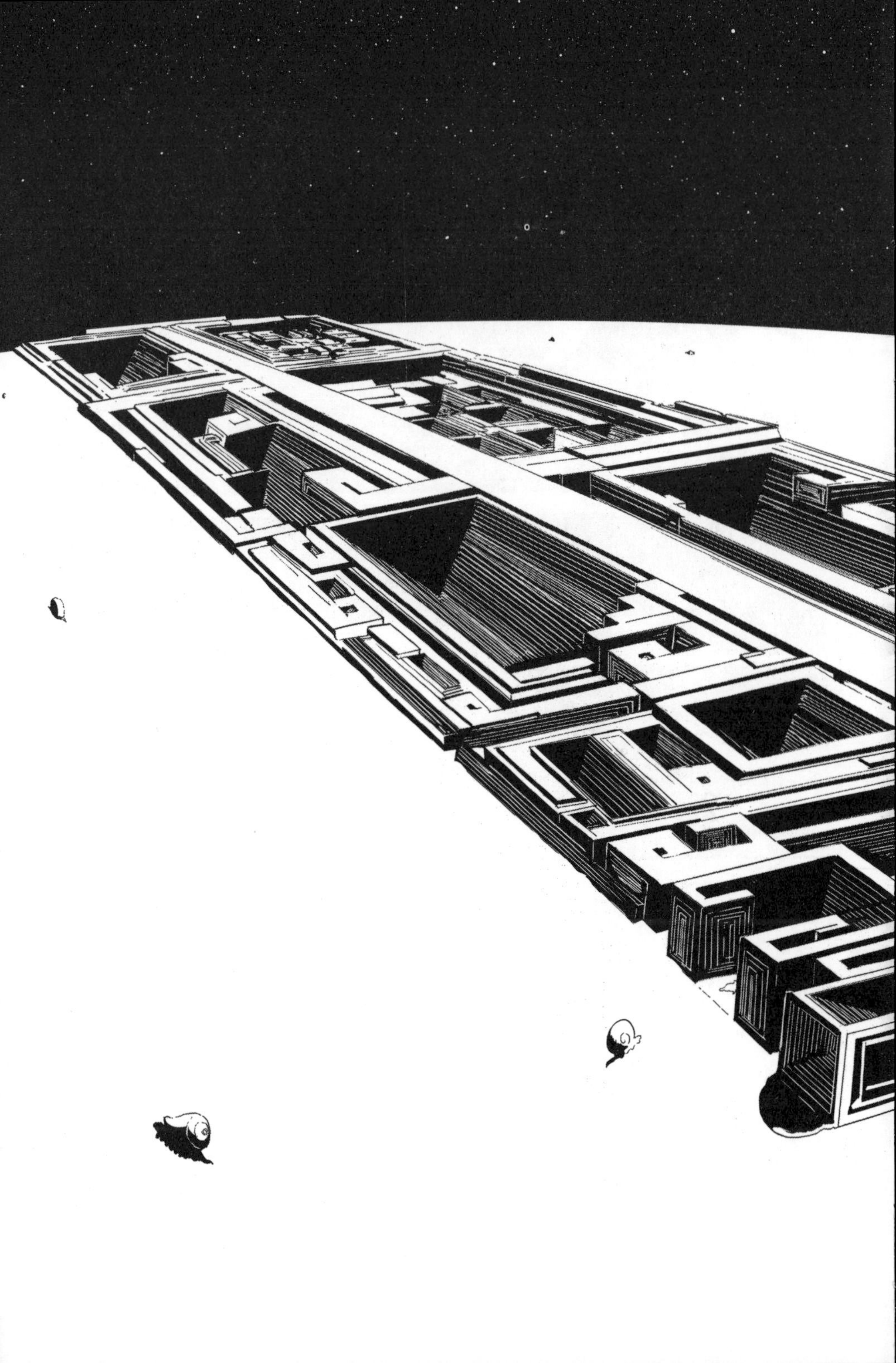

哇
ア呀ア呀
ア呀ア呀ア
嗯？怎麼了？

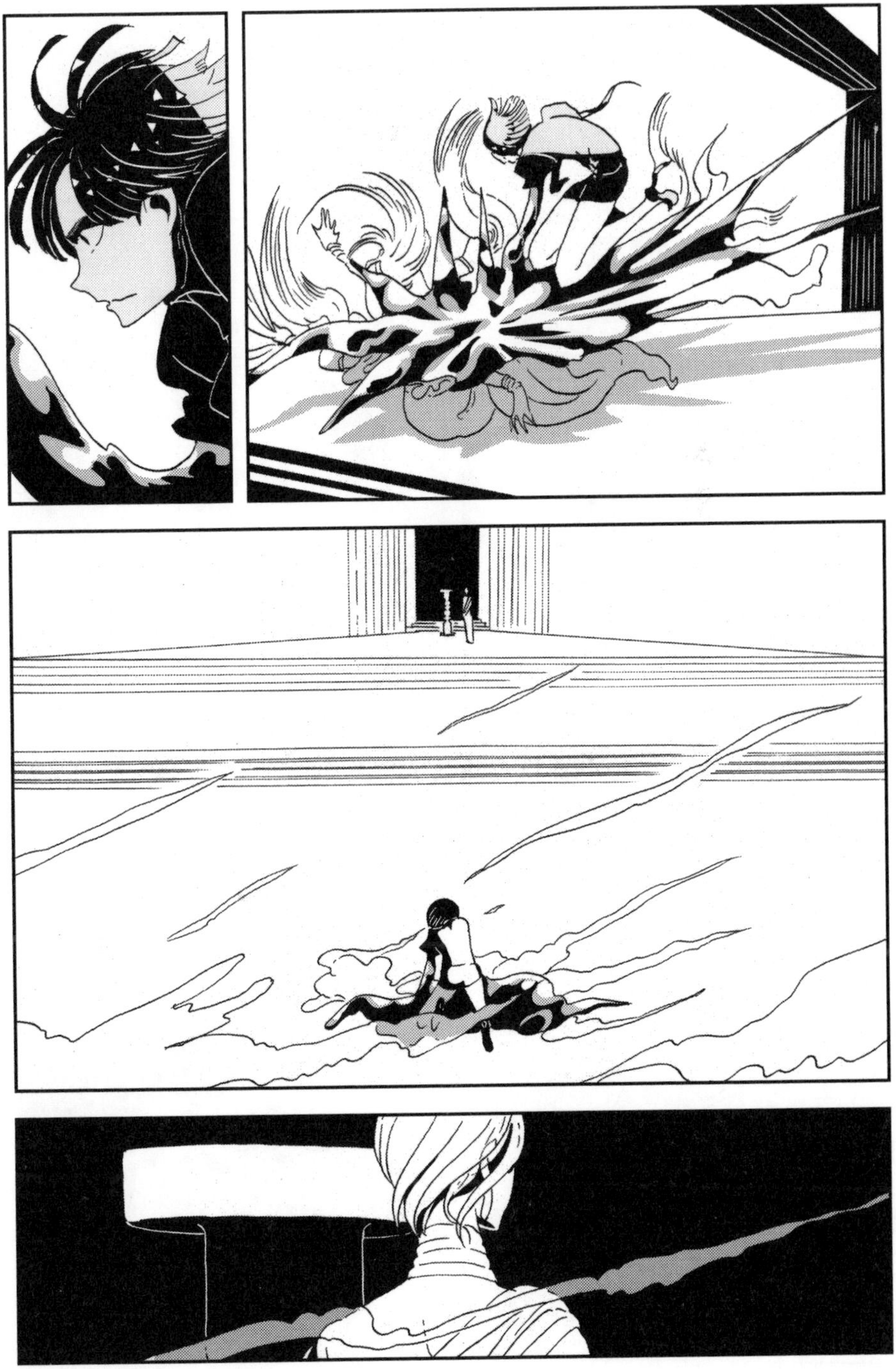

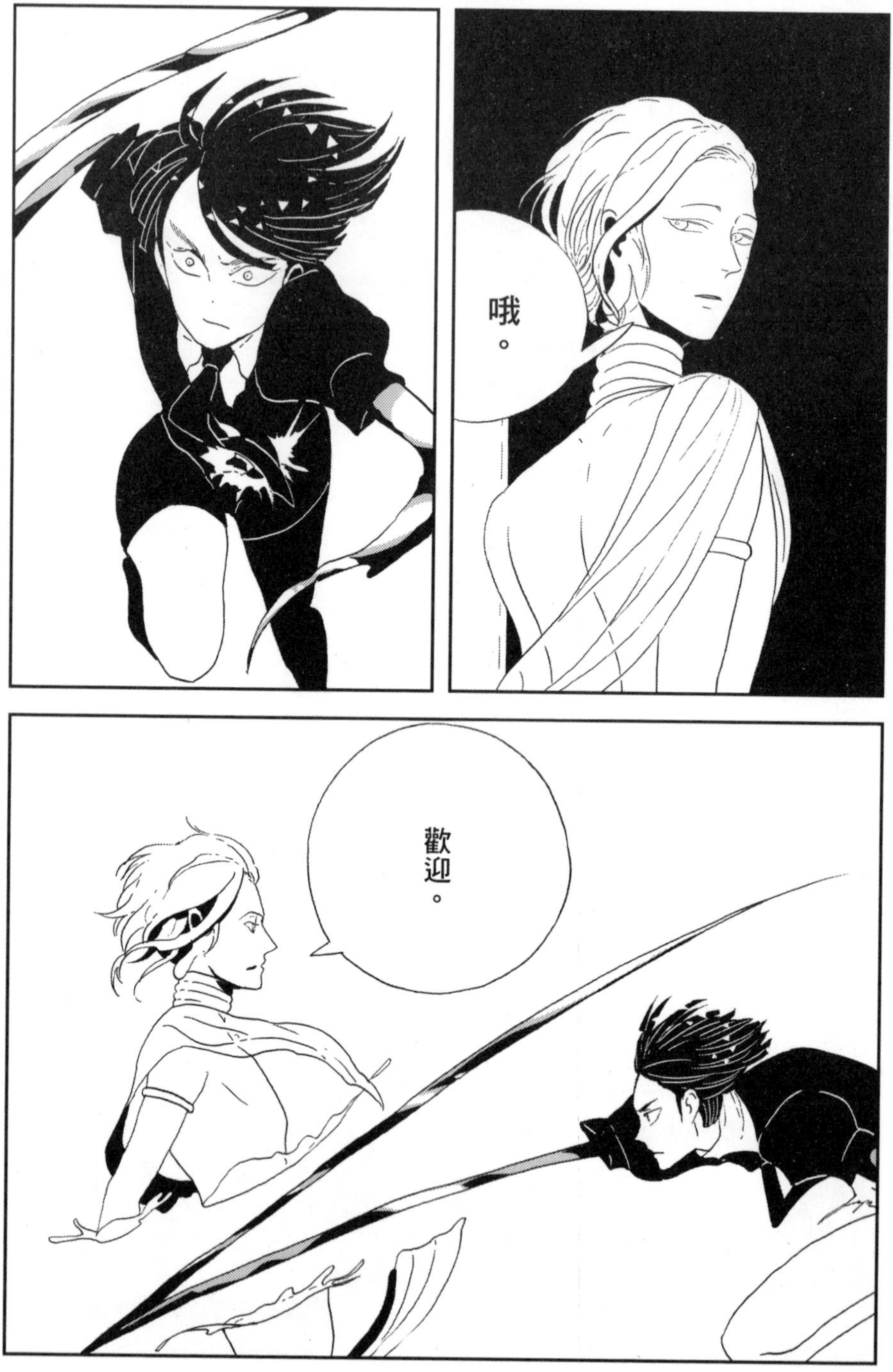
哦。
歡迎。

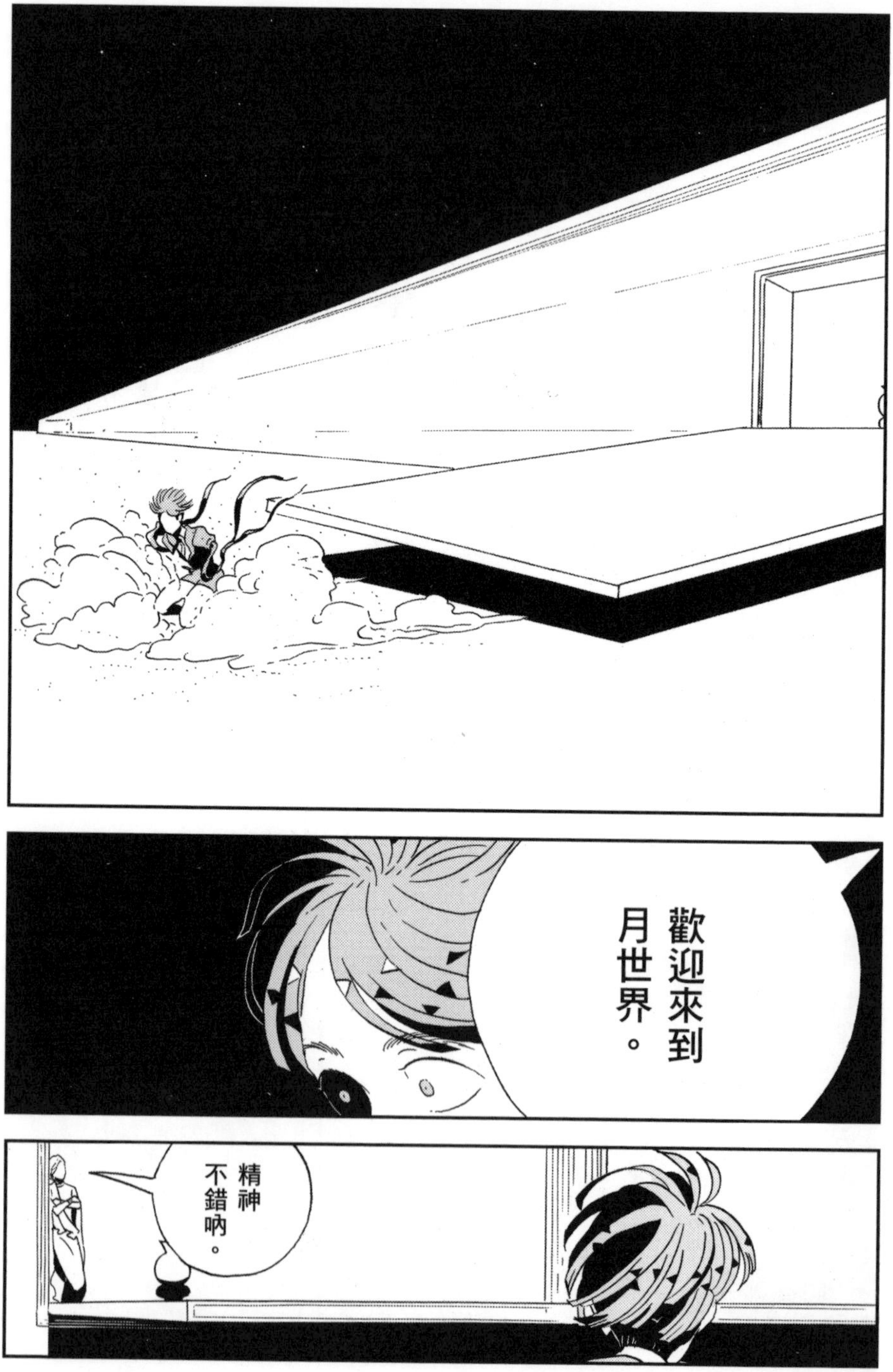
歡迎來到
月世界。
精神
不錯吶。

……
哦。
突然對你們說的話爆怒嗎？
那顆星球的濃厚大氣我們受不了，會讓我們想起過去一些討厭的事情。
因此在那的期間都盡可能閉氣不呼吸。
大家在哪？
那裡頭。
給我還來。
請。
儘管拿。
這是，

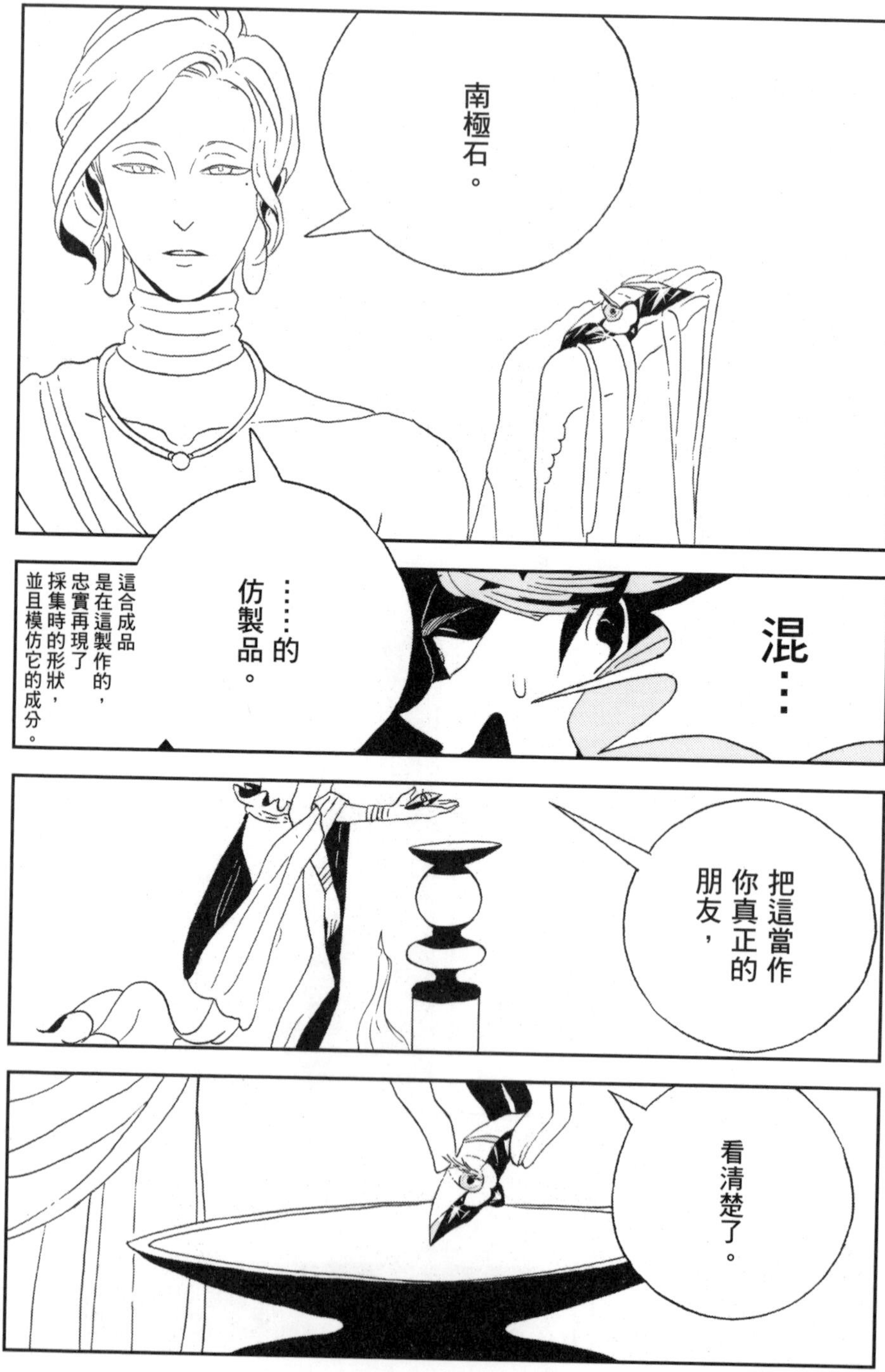

南極石。
混……
……的仿製品。
這合成品是在這製作的，忠實再現了採集時的形狀，並且模仿它的成分。
把這當作你真正的朋友，
看清楚了。

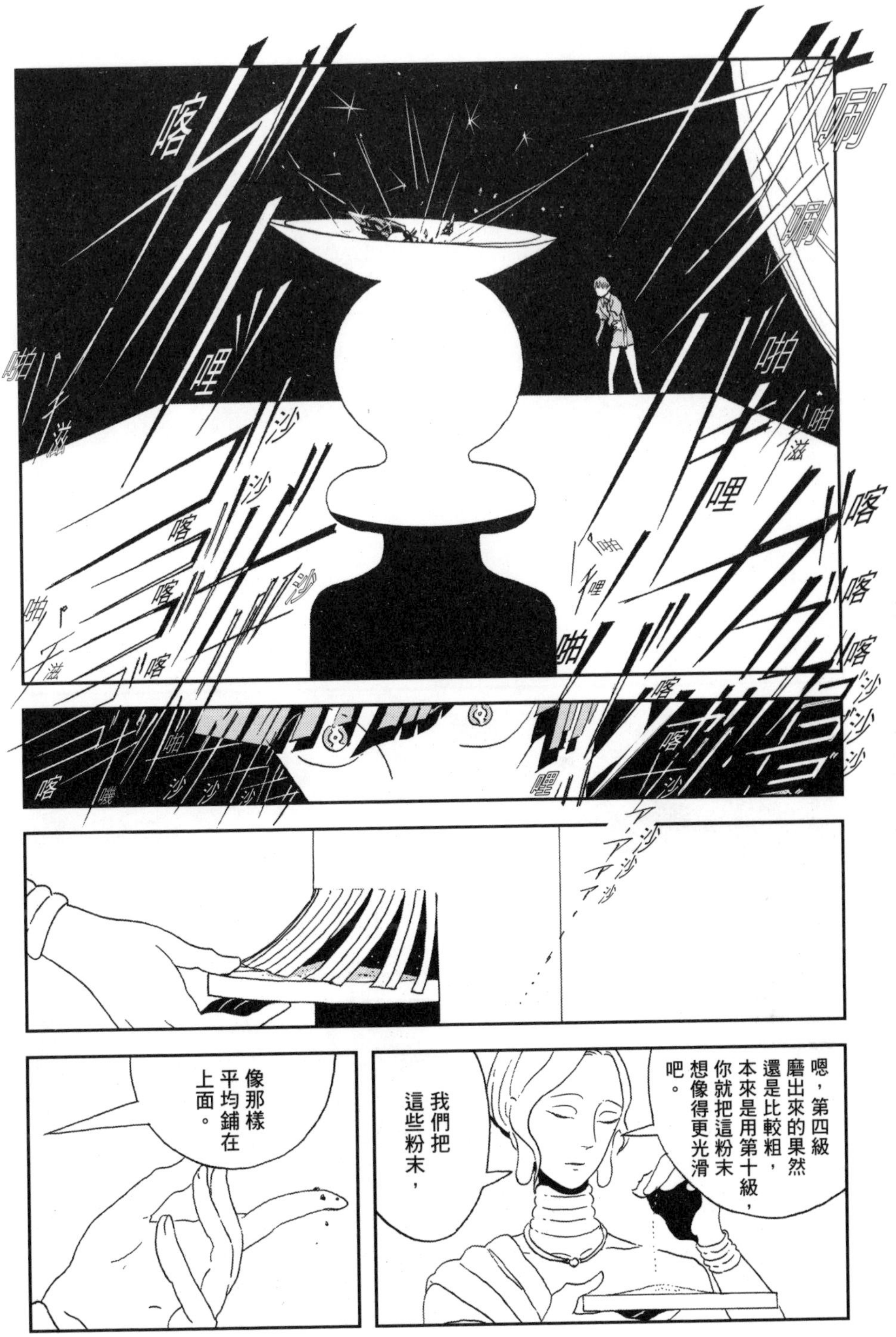
唰 唰
喀
啪 哩 沙 啪滋
喀 喀 喀 沙沙沙
沙 沙 沙
嗯，第四級磨出來的果然還是比較粗，本來是用第十級，你就把這粉末想像得更光滑吧。
我們把這些粉末，
像那樣平均鋪在上面。

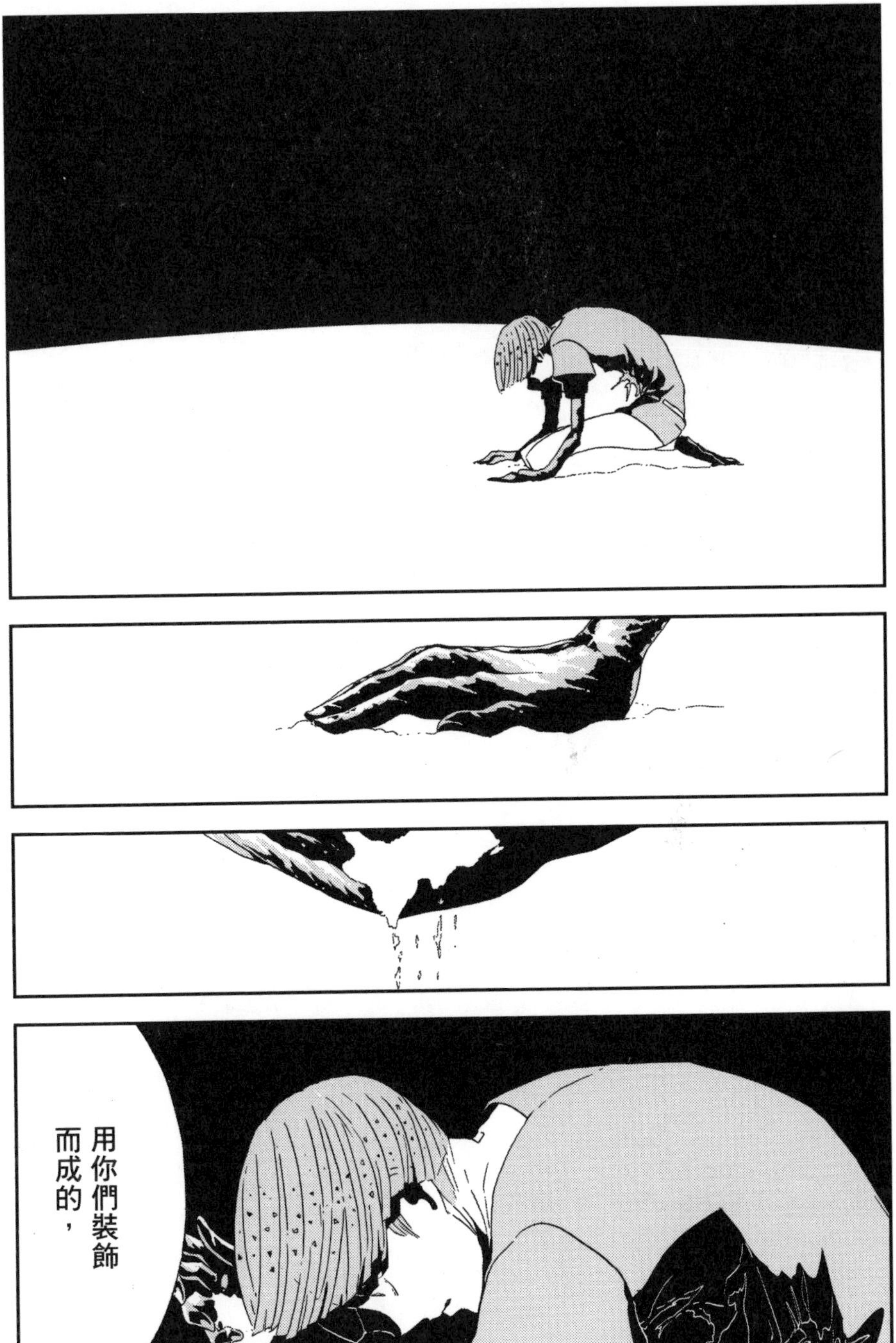
用你們裝飾
而成的，

這顆星球，多美啊。

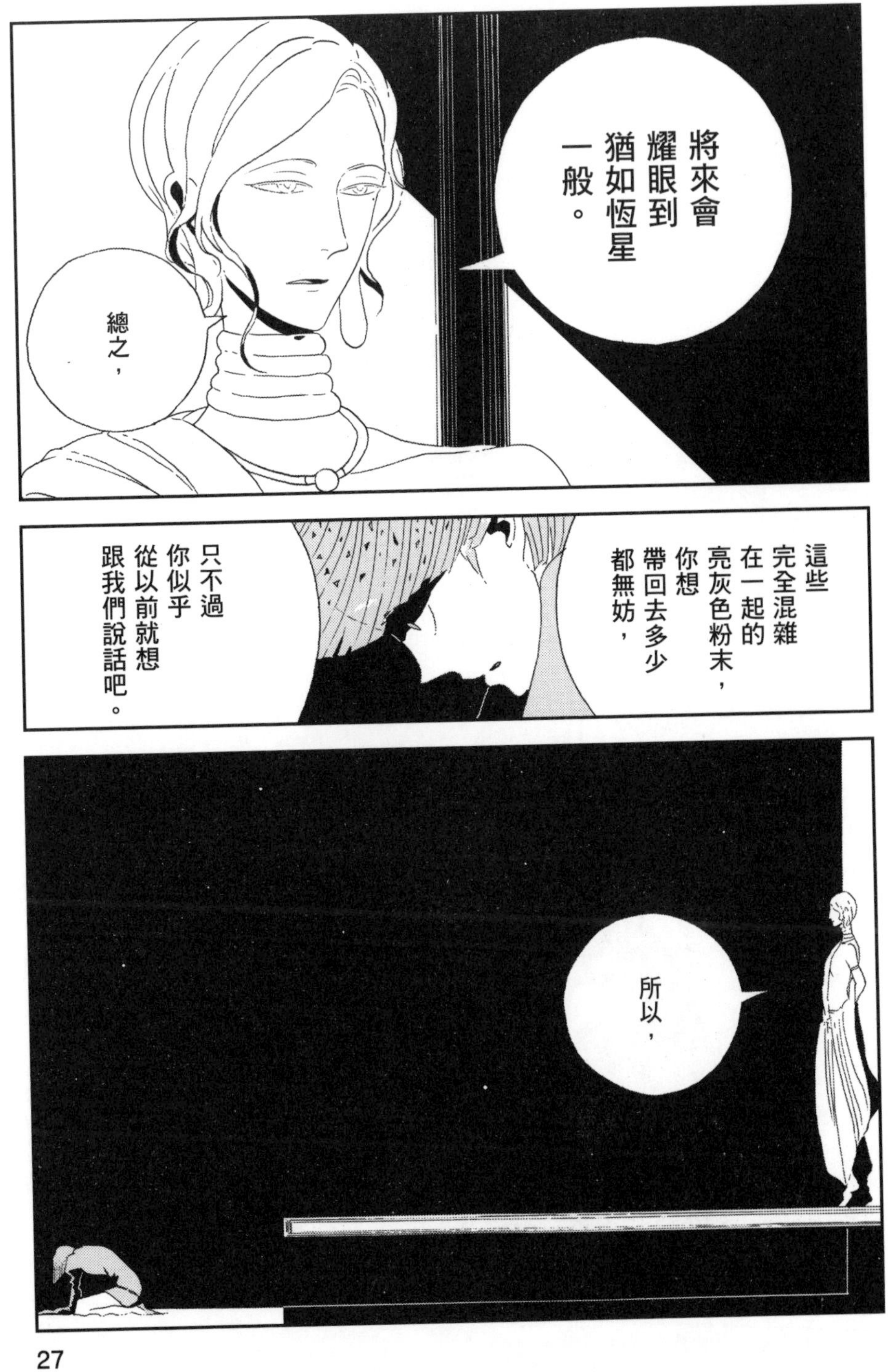
將來會耀眼到猶如恆星一般。
總之，
這些完全混雜在一起的亮灰色粉末，你想帶回去多少都無妨，
只不過你似乎從以前就想跟我們說話吧。
所以，

〔第五十三話　月世界〕　終

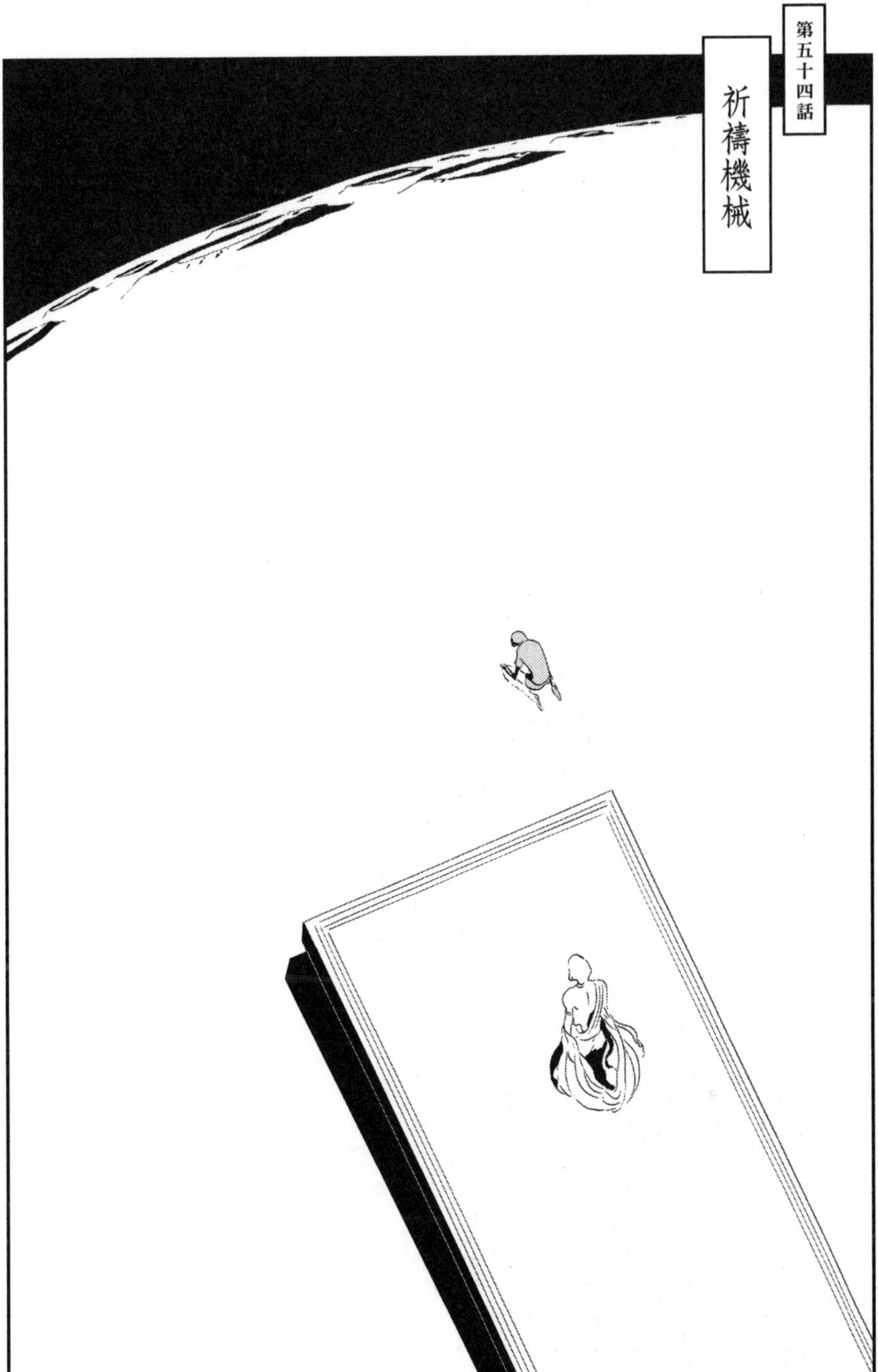
第五十四話
祈禱機械

在這邊我們再生比較快。

嘰

喀滋
真是奇特的身體。
已經對進化疲憊了吧。
我們也是。
耶～
耶～

王子～！這可以丟進裁斷機嗎～？
不行，請還我。
哎唷～小氣小氣小氣～！
別吵了。
啊～黏呼呼！
好麻煩喔～討厭～
噗～
好了。
要不要，
來去參觀一下？

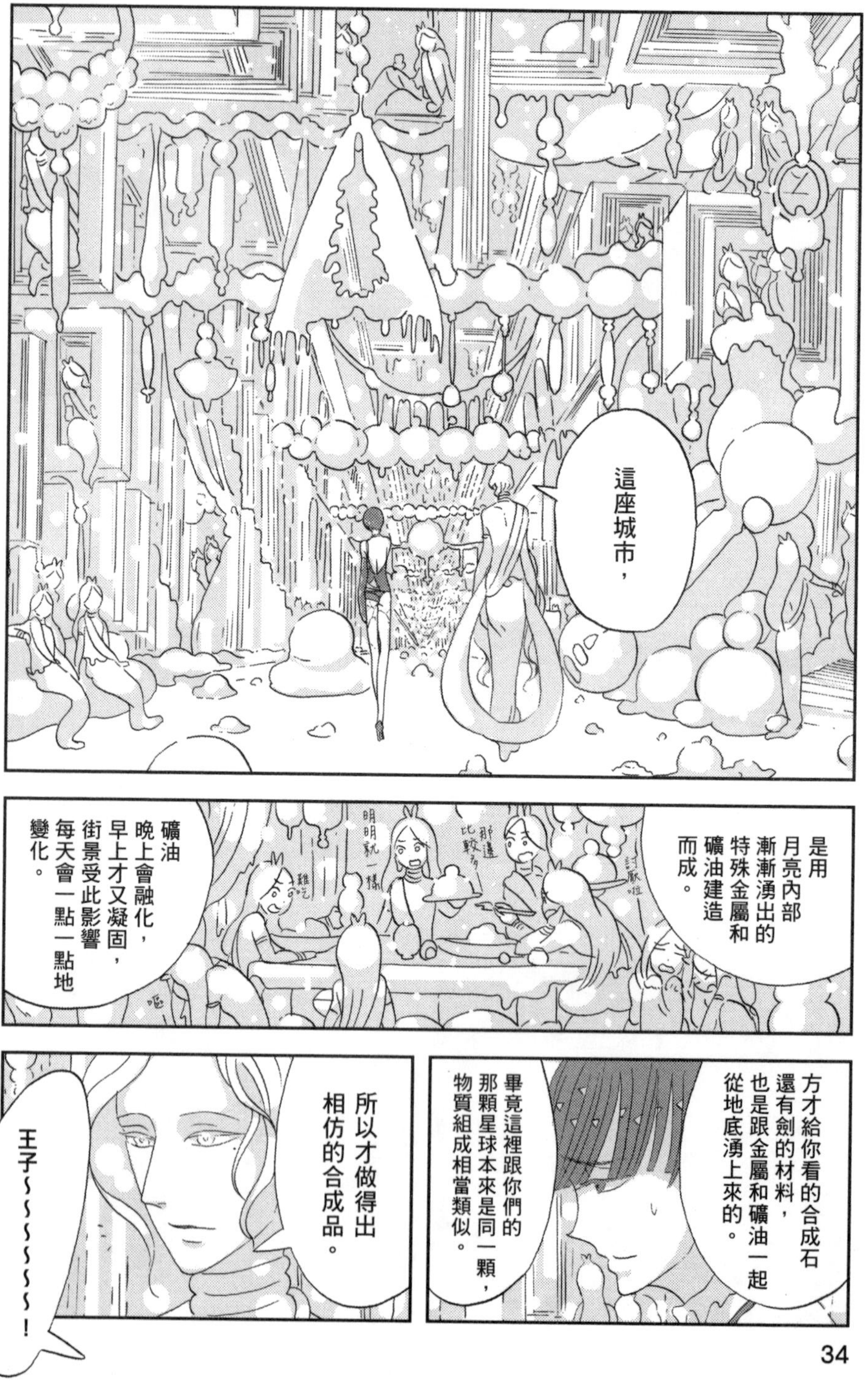
這座城市，
是用月亮內部漸漸湧出的特殊金屬和礦油建造而成。
討厭啦
那邊比較多
明明就一樣
難吃
礦油晚上會融化，早上才又凝固，街景受此影響每天會一點一點地變化。
方才給你看的合成石還有劍的材料，也是跟金屬和礦油一起從地底湧上來的。
畢竟這裡跟你們的那顆星球本來是同一顆，物質組成相當類似。
所以才做得出相仿的合成品。
王子～～～～～～～～！

可以弄壞這個磷葉石嗎～？
反正都已經七零八落了～
不准。
過去那邊。
噗～
王子王子小氣鬼～
噗～噗～好無聊～來玩嘛～
……「王子」是你的名字嗎？
不，只是種稱號而已。
這個詞本來是指稱同種但不同的個體，是由我們祖先動物的社會主事者創造的，但有時候只是稱呼很引人注目的個體，
沒什麼重大的意義。
你們一定也使用很多不知道原義的辭彙，我想想，像是學校啦，老師啦……
祖先動物是指「人類」嗎？
哼嗯。
看來，關於人類，溫特利可絲絲有好好解釋過吶。

他說你們想變回人類。
滑溜
嘶嘶
滑溜
好痛！
喂！
王子～！奇怪耶，牠們都聚到那個寶石的身邊～
哼嗯。
喂。
喔～
哦嗚
同伴
氣味
……聽說你們想變回人類。
艾德密拉畢里斯一族太性急，斷章取義了。
待會慢慢說吧。
礦油流出的時間到了。
注意你腳下。

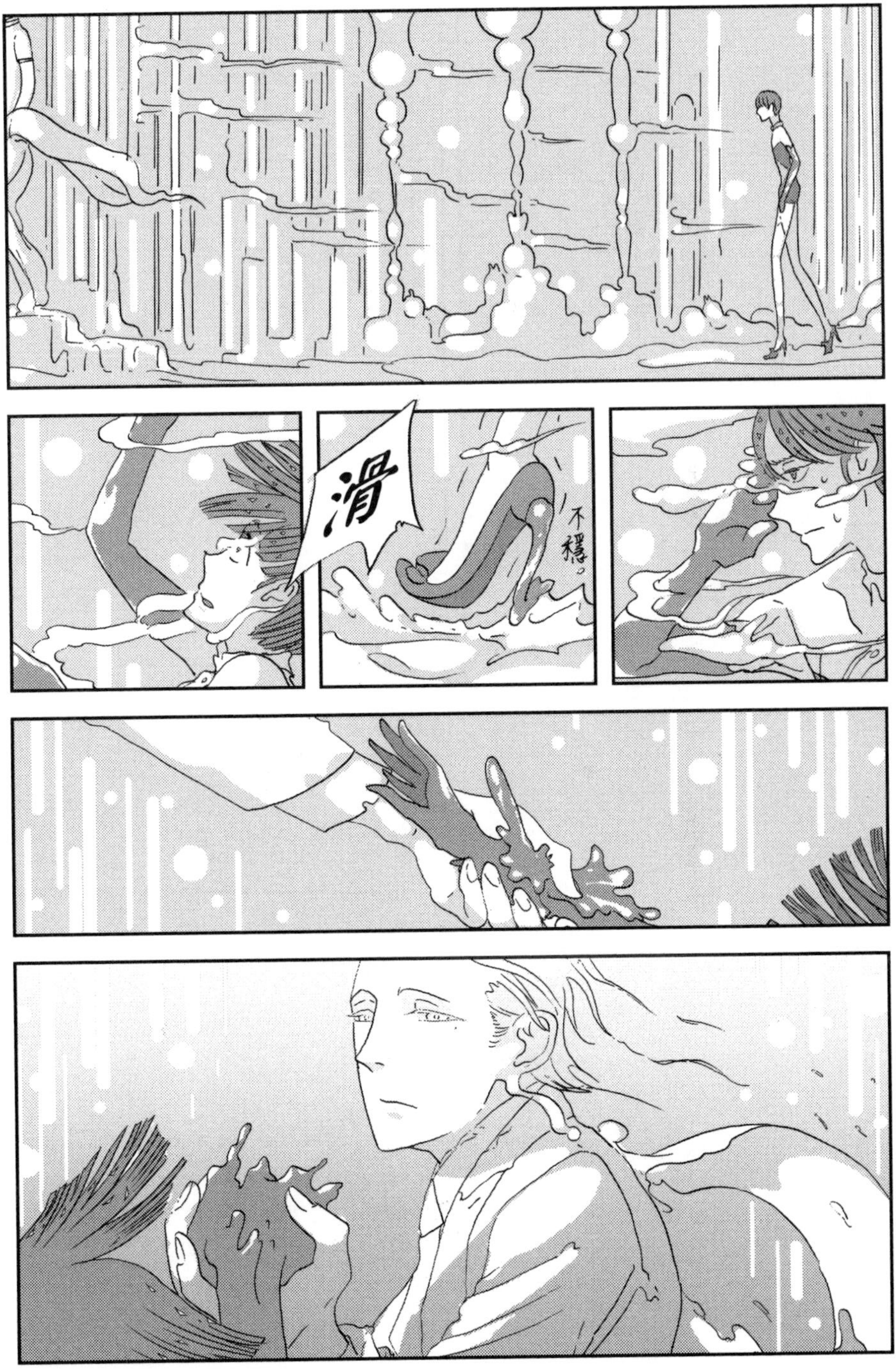
滑
不穩。

這裡。

請坐。

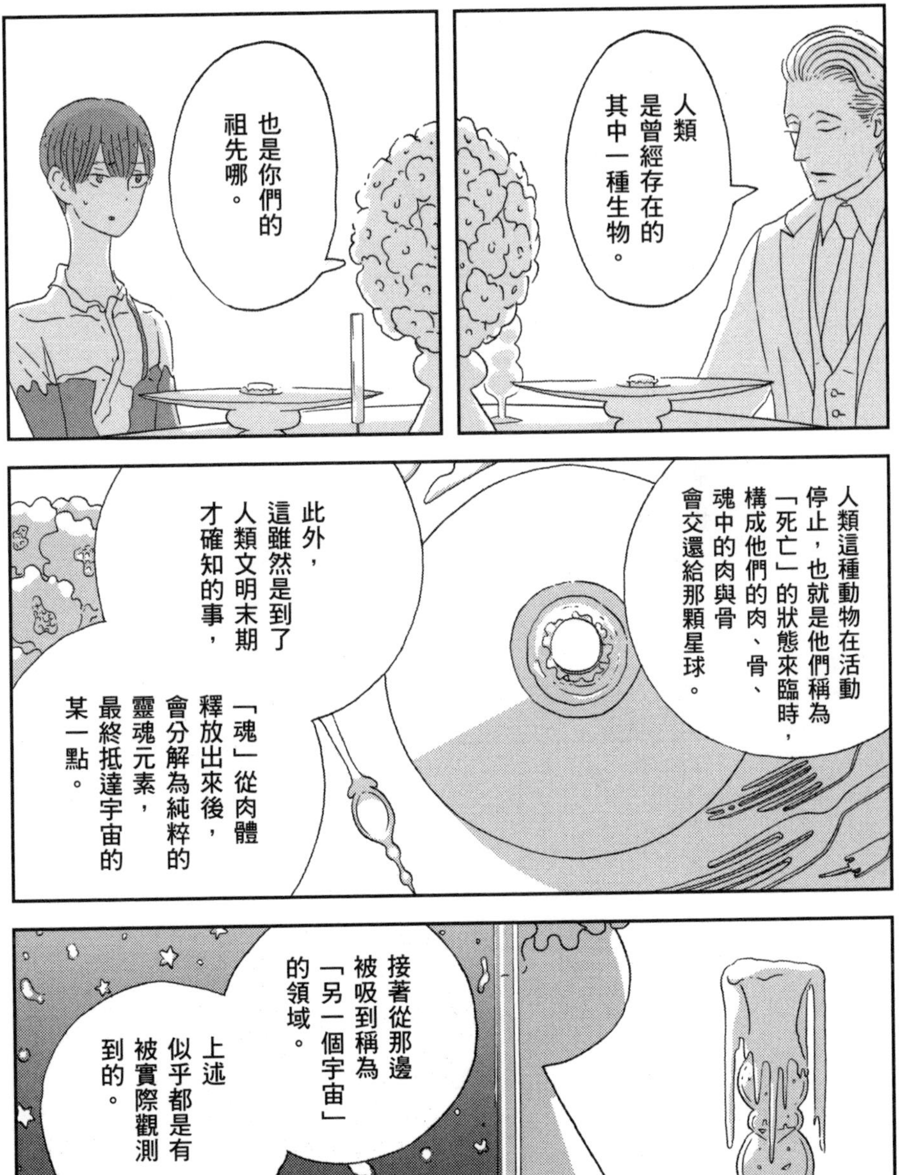
人類是曾經存在的其中一種生物。
也是你們的祖先哪。
人類這種動物在活動停止，也就是他們稱為「死亡」的狀態來臨時，構成他們的肉、骨、魂中的肉與骨會交還給那顆星球。
此外，這雖然是到了人類文明末期才確知的事，
「魂」從肉體釋放出來後，會分解為純粹的靈魂元素，最終抵達宇宙的某一點。
接著從那邊被吸到稱為「另一個宇宙」的領域。
上述似乎都是有被實際觀測到的。

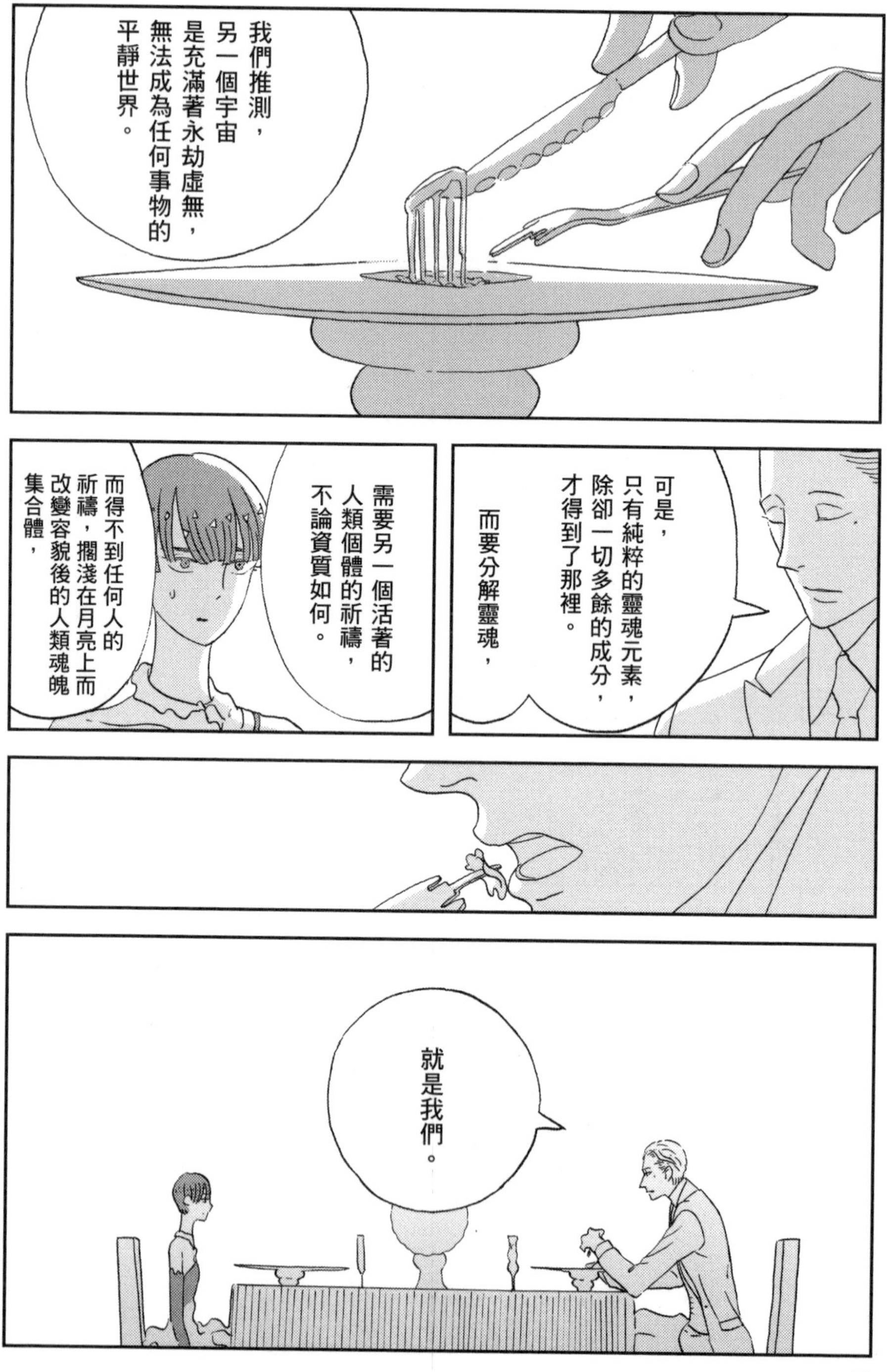
我們推測，另一個宇宙是充滿著永劫虛無，無法成為任何事物的平靜世界。
可是，只有純粹的靈魂元素，除卻一切多餘的成分，才得到了那裡。
而要分解靈魂，
需要另一個活著的人類個體的祈禱，不論資質如何。
而得不到任何人的祈禱，擱淺在月亮上而改變容貌後的人類魂魄集合體，
就是我們。

目前為止有聽懂吧？
而那個機械，
就是為了我們而製造的。
……
什麼是「機械」？
哦對，你不知道什麼叫「機械」嘛。
「機械」就是…

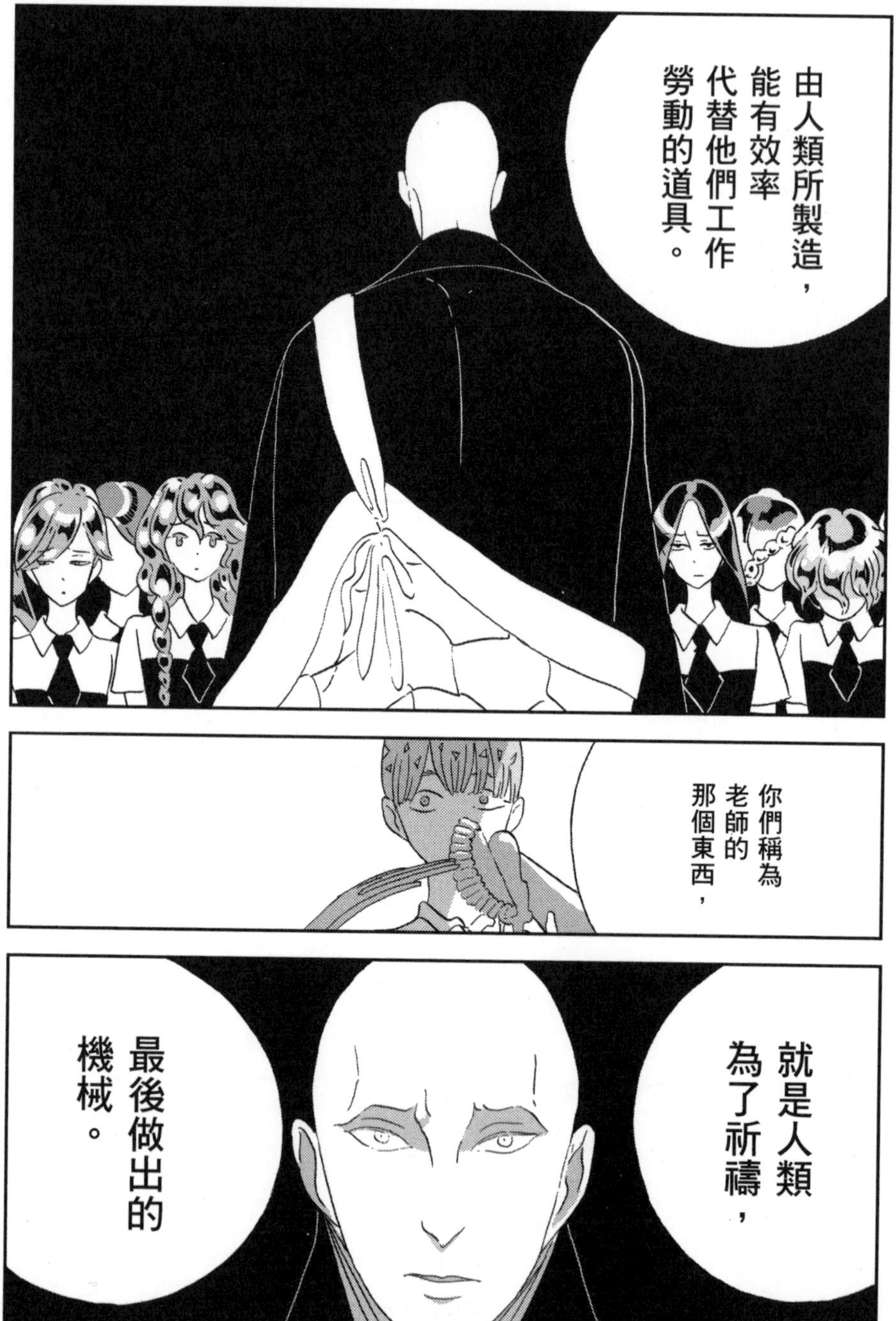
由人類所製造，
能有效率
代替他們工作
勞動的道具。
你們稱為
老師的
那個東西，
就是人類
為了祈禱，
最後做出的
機械。

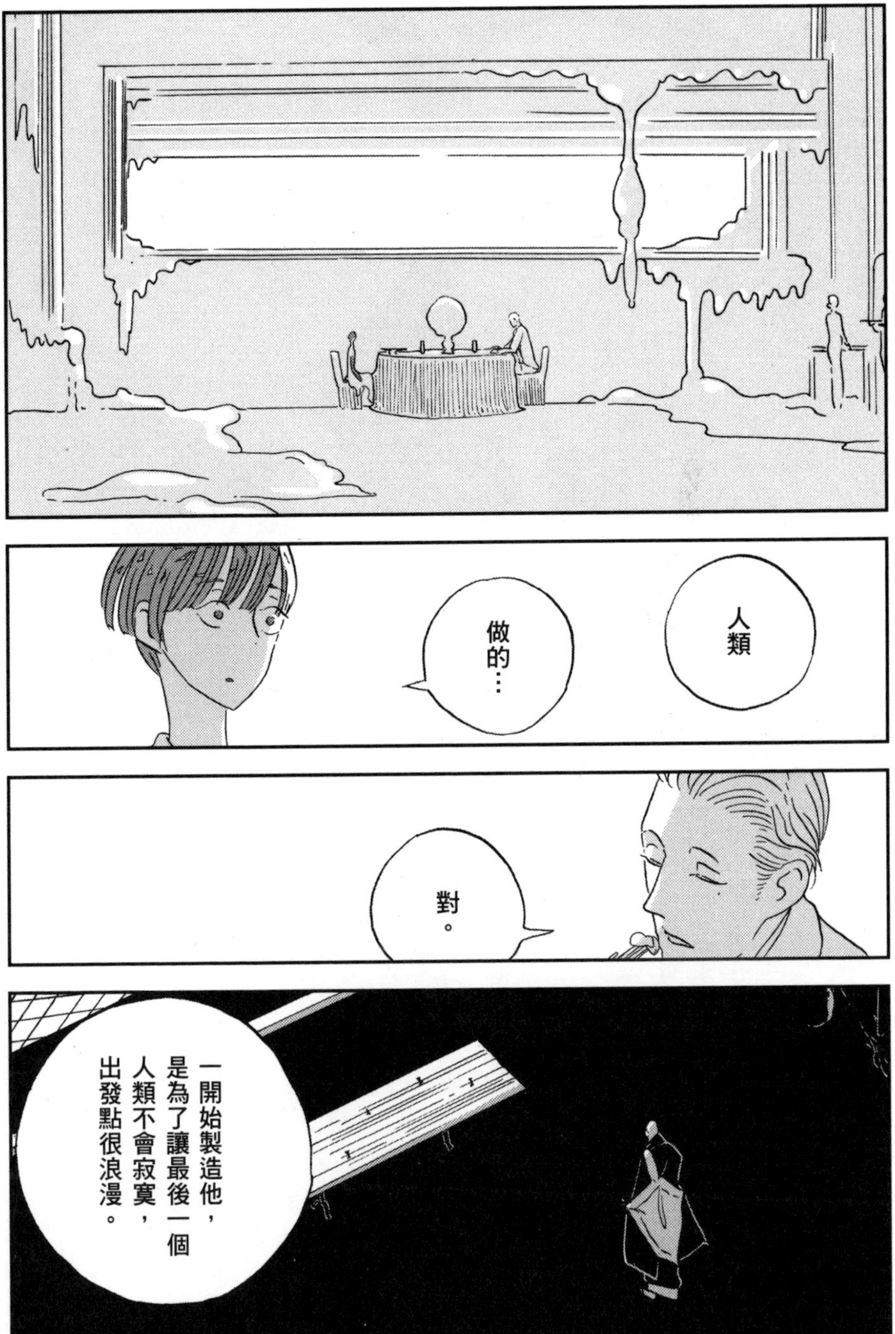
人類
做的⋯
對。
一開始製造他，是為了讓最後一個人類不會寂寞，出發點很浪漫。

實際上，他卻是會讓人類從根本的肉體到靈魂瞬間分解，強大到令人恐懼的破壞裝置。
他卻不知從何時起故障了，
不再執行他的工作。
可是還有我們這些尚未分解的靈魂存在啊，
所以，

我們每天都在想方設法刺激他，要讓他工作，努力不斷重覆嘗試不同方法，
所以我們會對你們做出那些事，
是因為他很重視你們。

你們
為此
而綁架
我們。
對。

我沒有要為他講話的意思，
但他並非蓄意欺騙你們。
而是因為他被設計成未經人類許可，不能說出與自身相關的事情。
……嗯，總之，數萬年來，一切能刺激他的手段我們已經用盡了。
要是…

老師不在的話，就沒有襲擊我們的理由了，是吧。
真新穎的想法……
要是他徹底被摧毀也很令人頭痛，還得修好他。
不過…是呀。
再使他混亂點的話，事態也許就能改變了。

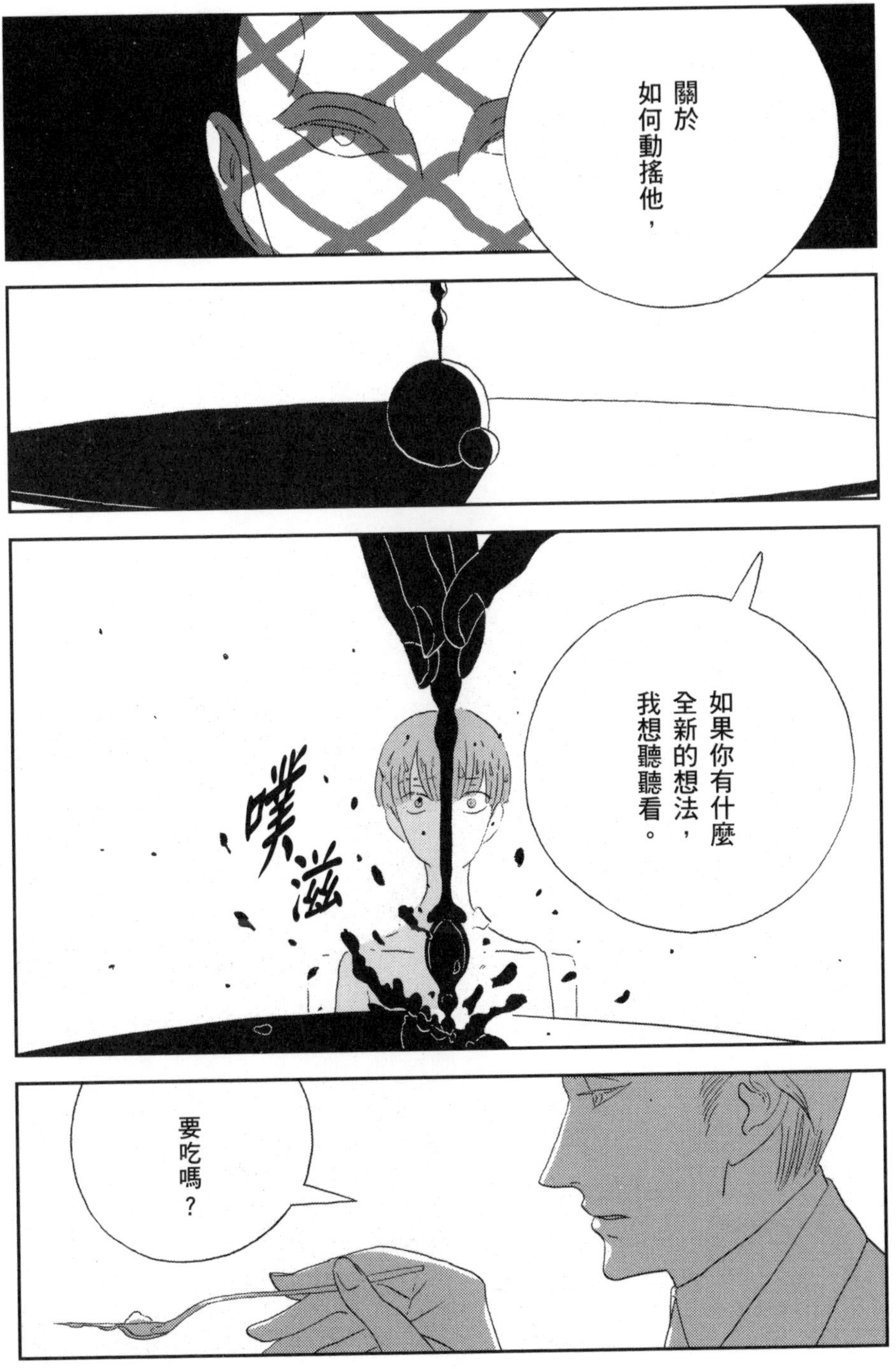
關於如何動搖他，
如果你有什麼全新的想法，我想聽聽看。
噗滋
要吃嗎？

〔第五十四話　祈禱機械〕　終

第五十五話

詛咒

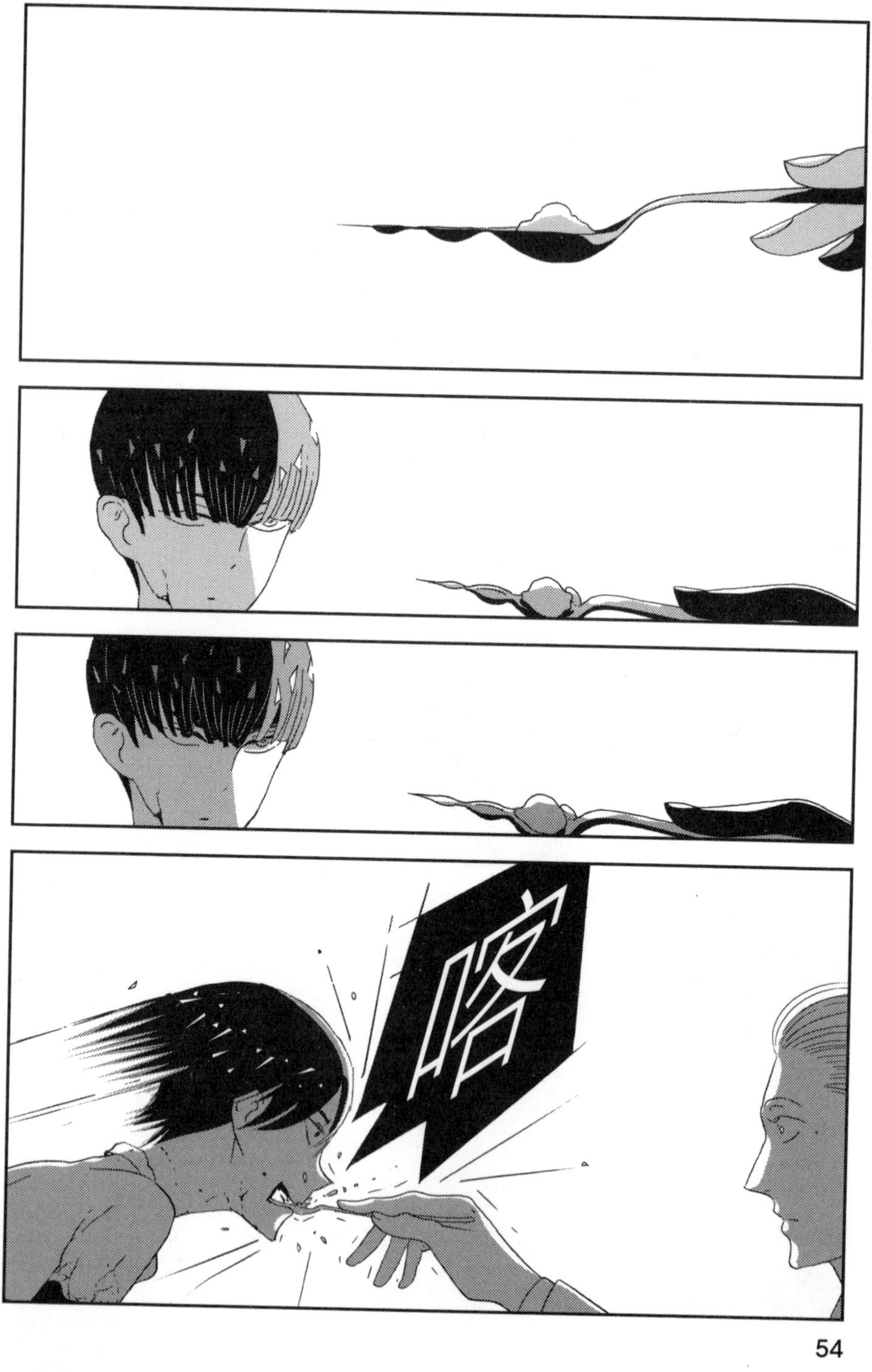
喀

如何？
黏黏的。
這樣啊。
時間有點晚了。
話還沒說完。
來這吧。
「金剛」這個名字，

※譯註：六方形晶體鑽石（Lonsdaleite），又稱六方金剛石，是少數依晶體結構及特性命名的鑽石，自然形成的原石較罕見，最早是在隕石坑中的隕石發現，若以人工合成，硬度會比鑽石更高。

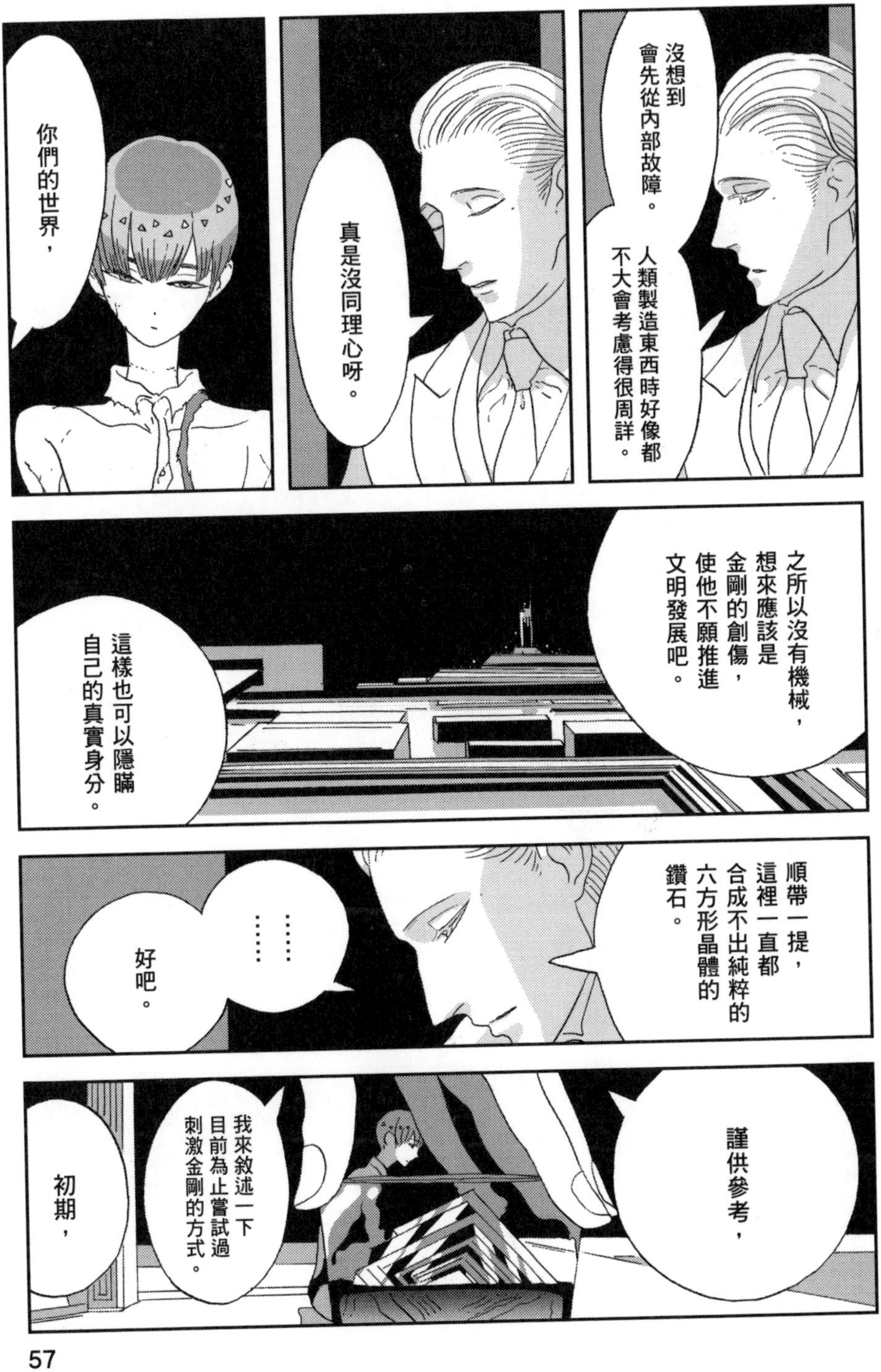
沒想到會先從內部故障。
人類製造東西時好像都不大會考慮得很周詳。
真是沒同理心呀。
你們的世界，
之所以沒有機械，想來應該是金剛的創傷，使他不願推進文明發展吧。
這樣也可以隱瞞自己的真實身分。
順帶一提，這裡一直都合成不出純粹的六方形晶體的鑽石。
……
好吧。
謹供參考，
我來敘述一下目前為止嘗試過刺激金剛的方式。
初期，

我們在他面前半永久地重覆基本的「懇求」、「對話」、「說服」、「攻擊」、「服從」這些彷彿自殘的舉動，
還有嘗試說服抓到的寶石協助我們。可是他們大變得部分都自我毀壞或精神異常。我們有直接把他們送回去幾次，但是看不到後續的行動，所以我們再度把他們回收了。
我們製造出仿造你們的合成寶石，可是他們缺乏自我控制意志，丟下後效果不彰，就又把他們回收了。丟下你們跟合成寶石的複合體，結果也是一樣。
而有別於前面那些刺激度很高且都是單次的嘗試，
我們不是偶爾還會歸還一些零散的寶石碎片嗎？
那都是合成品。
目前都沒有效。
非常有可能是因為部分毀損的金剛認不出來合成品。

我們一直以來穿的衣物造型也是金剛原本應當要服從的人的樣子。※
以上這些是我們的中期計畫。
而長期計畫，
是讓他看見以你們的碎片鋪成的，光輝閃耀的月亮。
一片淨白。

※譯註：月人到地球時都是以佛祖菩薩形象出現，金剛老師則是僧侶，故王子說金剛老師應當要服從他們。

你們扔下來的那隻巨大生物是什麼……
那隻狗啊。
金剛以前很疼愛牠。
我們推測因為金剛不允許為人類以外的生物祈禱，所以牠死去後飄流到此，我們再費盡心力將牠的靈魂以那個樣貌再生。
上頭黏著眼珠，像碎片的東西呢……？
你說分子構造益智遊戲吧。
跟狗一樣，金剛以前好像就很寶貝，最後就待在他身邊了。
「博士」又是什麼？
製造金剛的雌性人類。
我們一直試著要讓她重生，但以現今的科技那已經是極限了。
盡是失敗，對吧？
終究，

我們生而為人類時，就得不到任何人的祈禱。
真是下場悲慘的廢物。
我們的知識像斷垣殘片一樣，什麼都做不好。
啊。
王子，該不會又低潮了～？

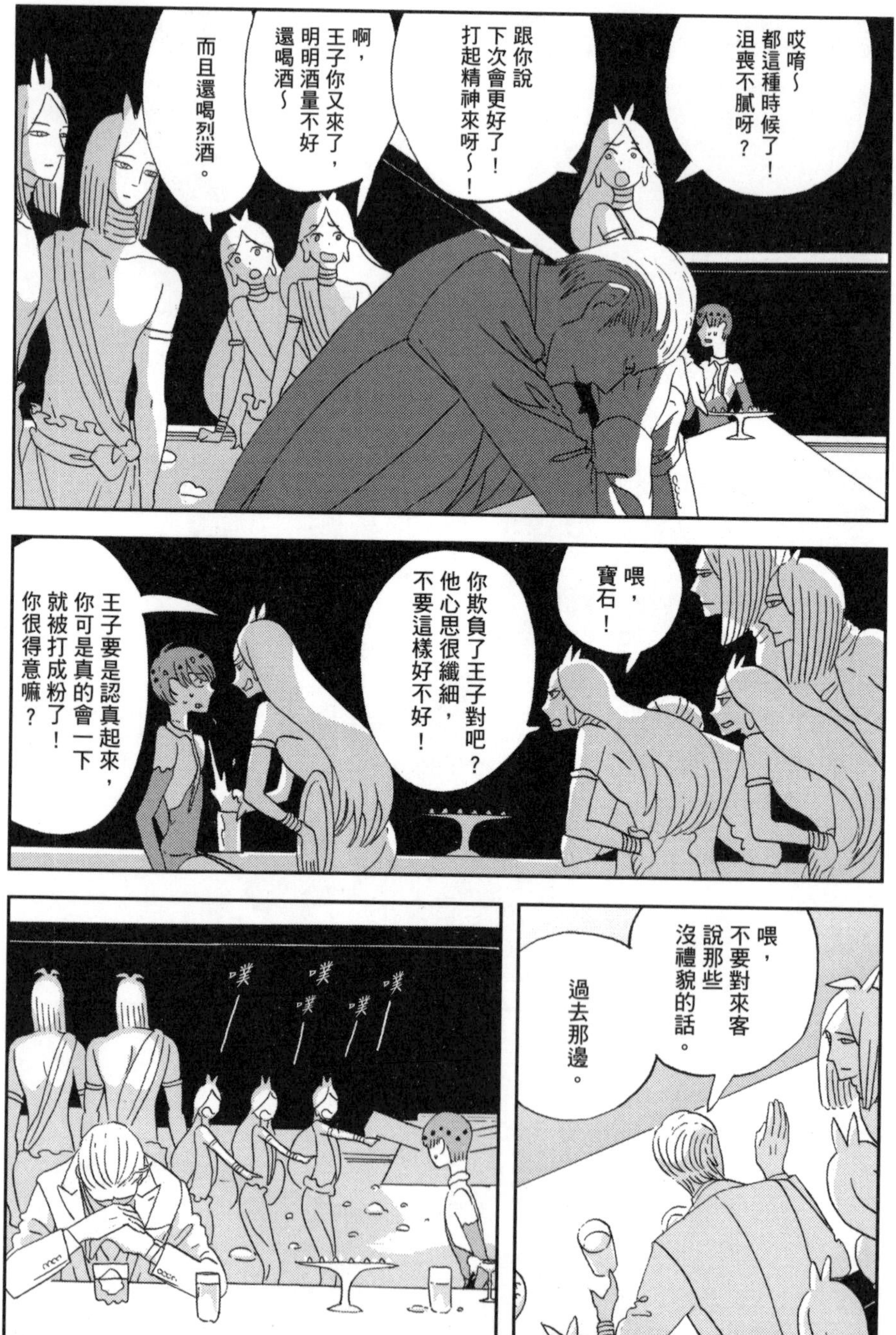
哎唷～都這種時候了！沮喪不膩呀？
跟你說下次會更好了！打起精神來呀～！
啊，王子你又來了，明明酒量不好還喝酒～
而且還喝烈酒。
喂，寶石！
你欺負了王子對吧？他心思很纖細，不要這樣好不好！
王子要是認真起來，你可是真的會一下就被打成粉了！你很得意嘛？
喂，不要對來客說那些沒禮貌的話。
過去那邊。
噗—
噗—
噗—
噗—
噗—

為何，
想化為虛無？
現在這樣不行嗎？
不行。
為何？

我希望早日讓大家自由。
大家看起來好像很快樂，其實都只是在逞強，心裡很累了。
晚上了，睡覺。
早上了，起床。攝取食物，吃完排泄。
與某個人對話、和解、相愛、衝突，
一直沒有進展而不斷被不安所侵蝕。
硬是去找出問題，以獲得微小的心安。
永無止境地重覆一切。

對於徬徨迷失於永劫的我們，人類的自然法則已經不適用了，非常痛苦。
而且，還是一直緊隨在側，
無法違逆的卑劣詛咒。
得快點，
讓金剛開始動作才行……
夜深了。
走吧。

為你準備的房間在那裡。
我們睡在礦油裡，你大概會適應不來。
好好休息。
有需要什麼，跟我們說。
對了，現在才講，有點遲了。
那顆，
就是你之前待的星球。

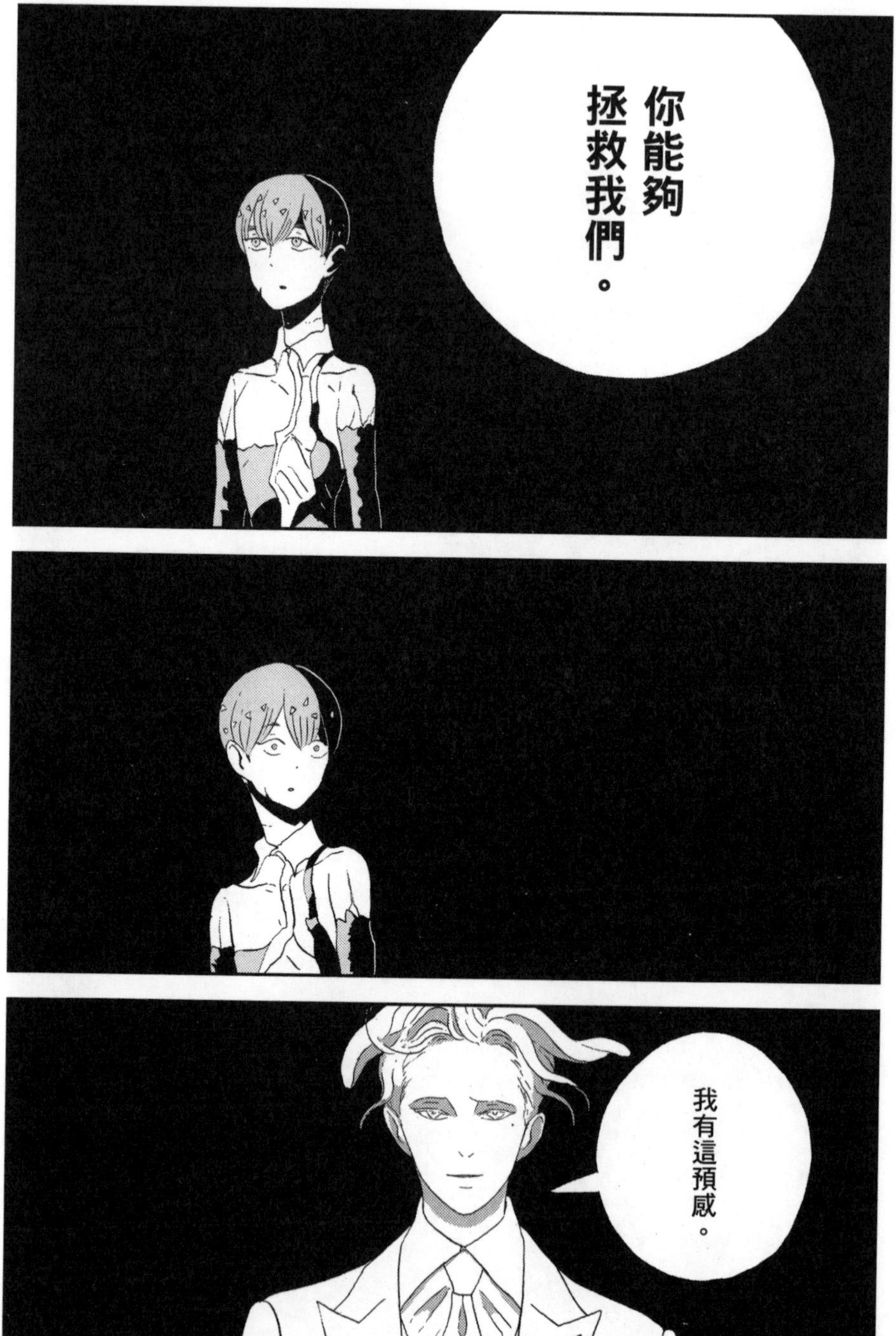
你能夠拯救我們。
我有這預感。

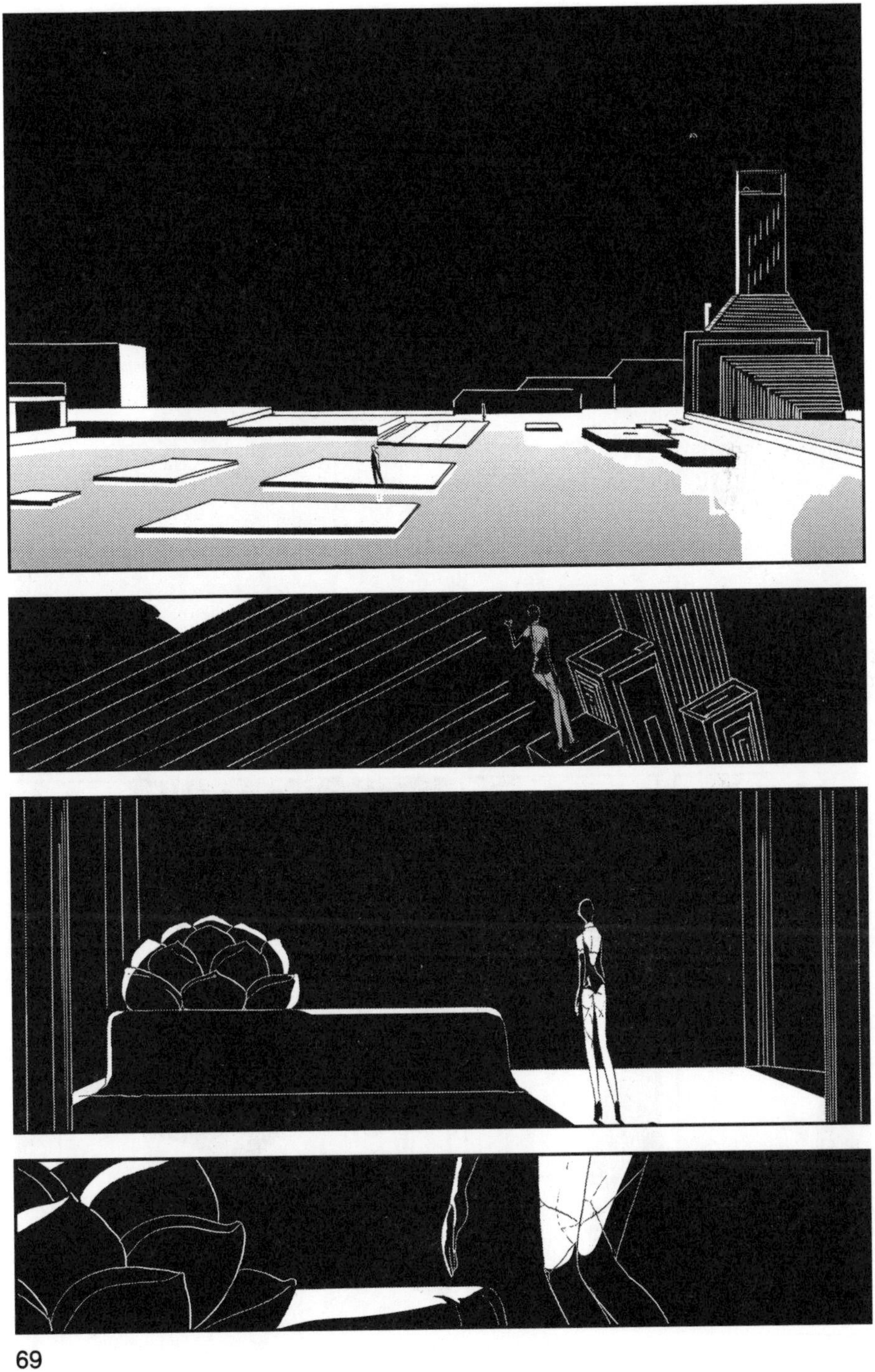

沒半樣東西，
跟我預料的一樣。
怎麼辦？
沒有怎麼辦，快想怎麼辦啊！

快想啊！
神智恢復清醒的話，我會崩潰的。

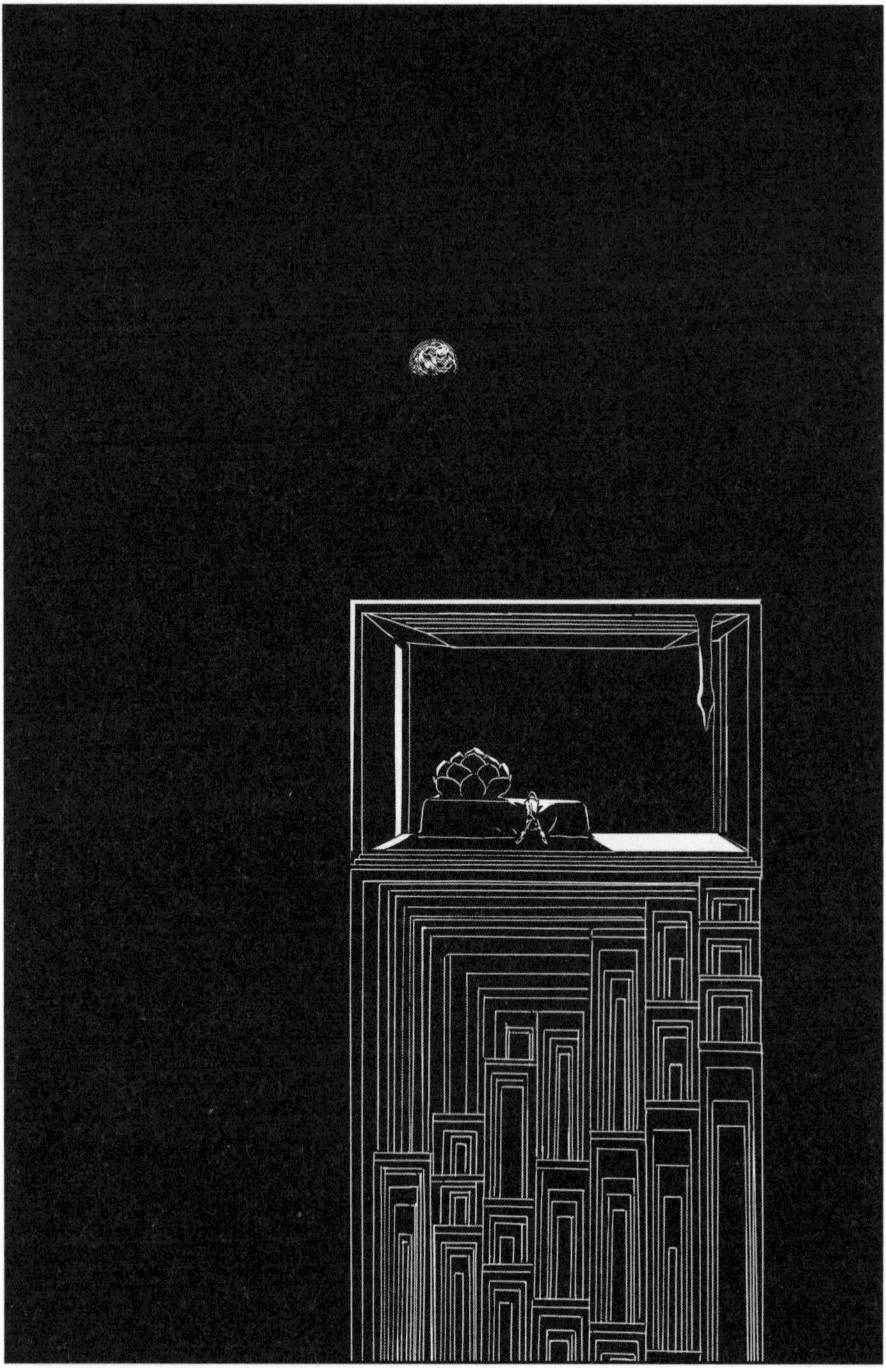

〔第五十五話　詛咒〕　終

第五十六話 合成珍珠

哦……

這味道，
是已經不在的，
皇族？
啊，對喔……是這關係嗎？
抱歉，我只是從溫特利可絲絲那拿到殼而已。
早～安～呀～～！
嗚哇～
我是從今天開始監視……
不對，是負責照顧你的賽米。
請多～多～指教！
連…銀…
儀…噎…
啊咧？
連噎…嗯？
連夜淑大人！
且讓我立刻傳達王子的訊息！
我懂了。
是個人才啊。

請你每天下午六點一起開會。
啊啊……我什麼都還沒……算了。
知道了。
還有一點時間，我來向您介紹月世界的設施。
唉
在那之前，
欸
來，請看！
這是陛下腹部的碎片，別擔心，我來幫您修復。
不，我自己來就好了，沒關係。
沒事沒事，別那麼客氣。
抖抖
呃。
你力氣真大欸。
往這裡～

ぎゅう 擠
你們不可以進來！
就說不行了！
ぎゅう 擠
ぎゅう 擠
ぎゅう 擠
ピタ
貼住
暫、暫時解散。
真是驚人耶～
……
嗯…這裡！
肌肉
抽動

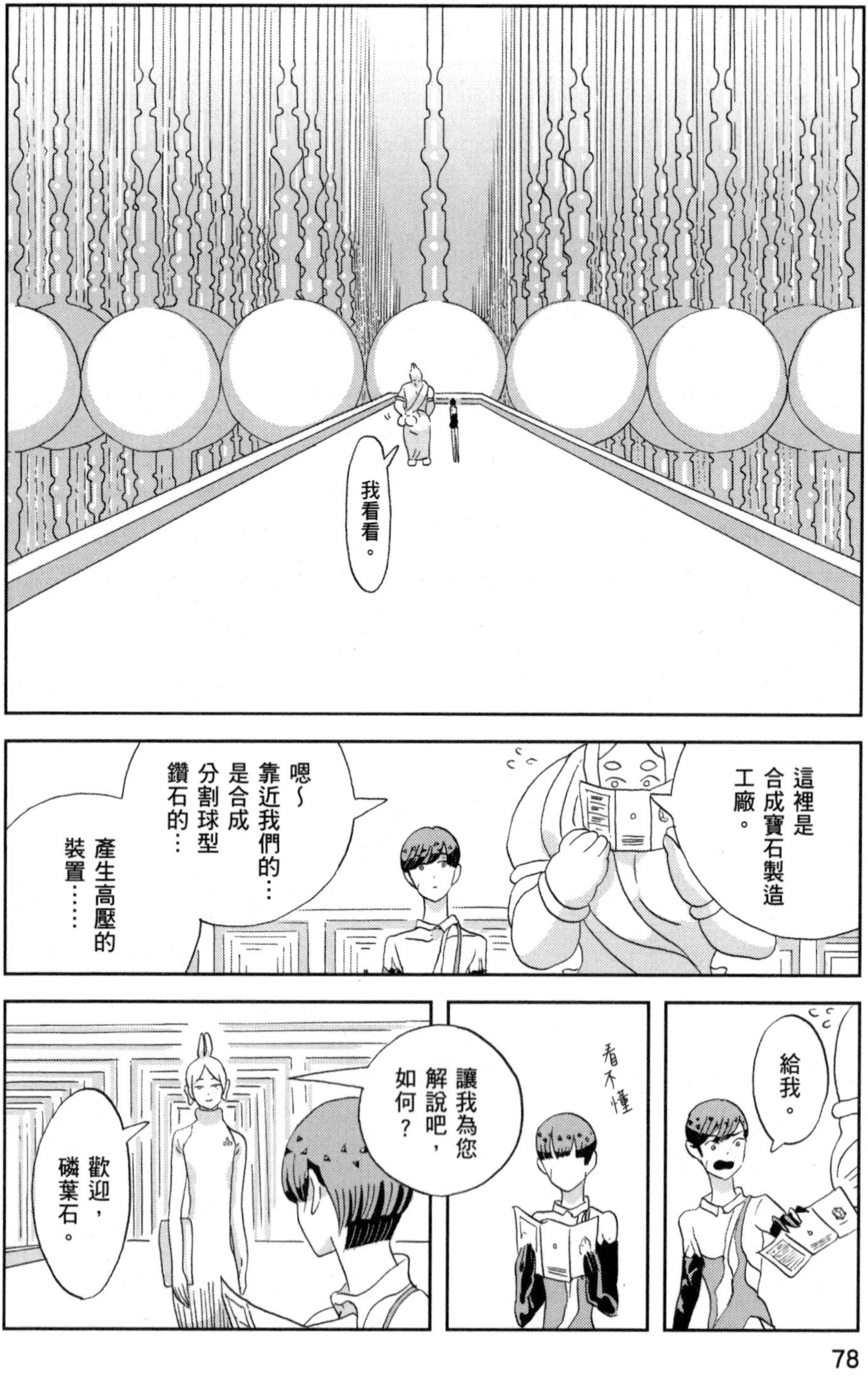
我看看。
這裡是合成寶石製造工廠。
嗯～靠近我們的…是合成分割球型鑽石的…
產生高壓的裝置……
給我。
看不懂
讓我為您解說吧，如何？
歡迎，磷葉石。

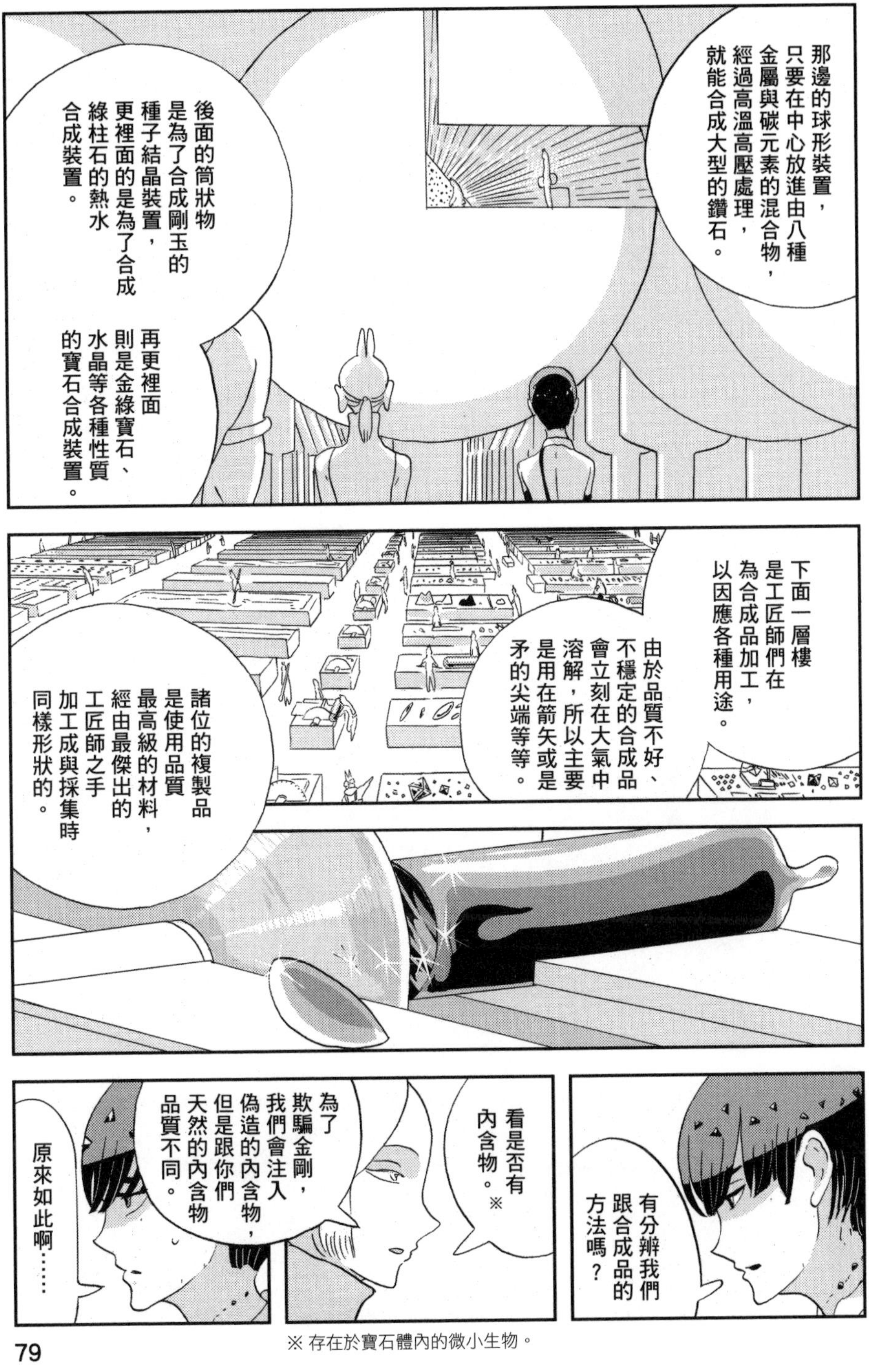
那邊的球形裝置，只要在中心放進由八種金屬與碳元素的混合物，經過高溫高壓處理，就能合成大型的鑽石。
後面的筒狀物是為了合成剛玉的種子結晶裝置，更裡面的是為了合成綠柱石的熱水合成裝置。
再更裡面則是金綠寶石、水晶等各種性質的寶石合成裝置。
下面一層樓是工匠師們在為合成品加工，以因應各種用途。
由於品質不好、不穩定的合成品會立刻在大氣中溶解，所以主要是用在箭矢或是矛的尖端等等。
諸位的複製品是使用品質最高級的材料，經由最傑出的工匠師之手加工成與採集時同樣形狀的。
有分辨我們跟合成品的方法嗎？
看是否有內含物。※
為了欺騙金剛，我們會注入偽造的內含物，但是跟你們天然的內含物品質不同。
原來如此啊……

※存在於寶石體內的微小生物。

不過恕我直言，沒有比你還奇特的寶石了。
這麼配合我們還真是第一次遇到。
我還沒決定要不要幫你們！
瞭解。
磷葉石陛下。
我們去下一個地方吧。
下一個是人類合成實驗場。
嗯—

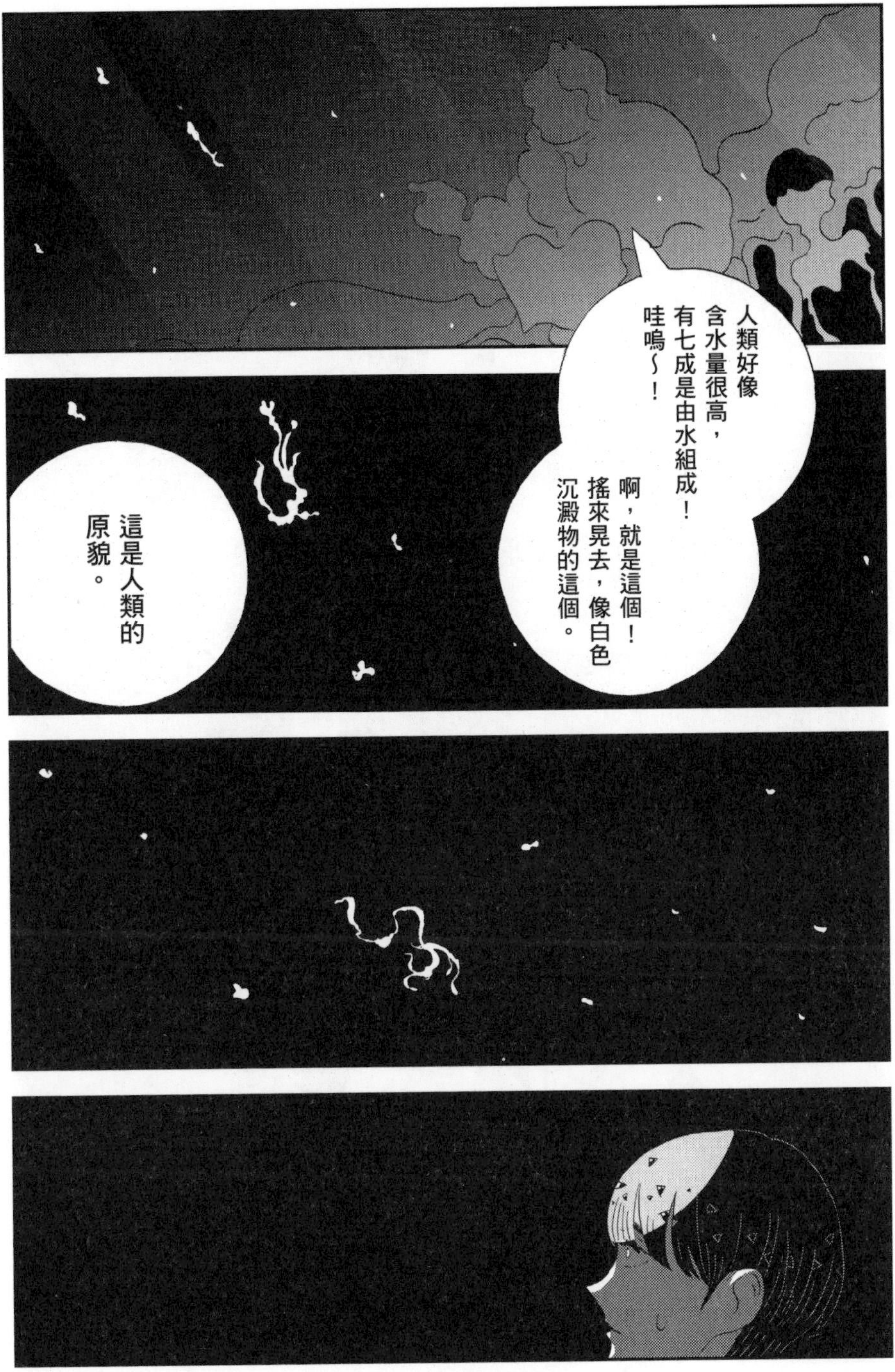
人類好像
含水量很高，
有七成是由水組成！
哇嗚～！
啊，就是這個！
搖來晃去，像白色
沉澱物的這個。
這是人類的
原貌。

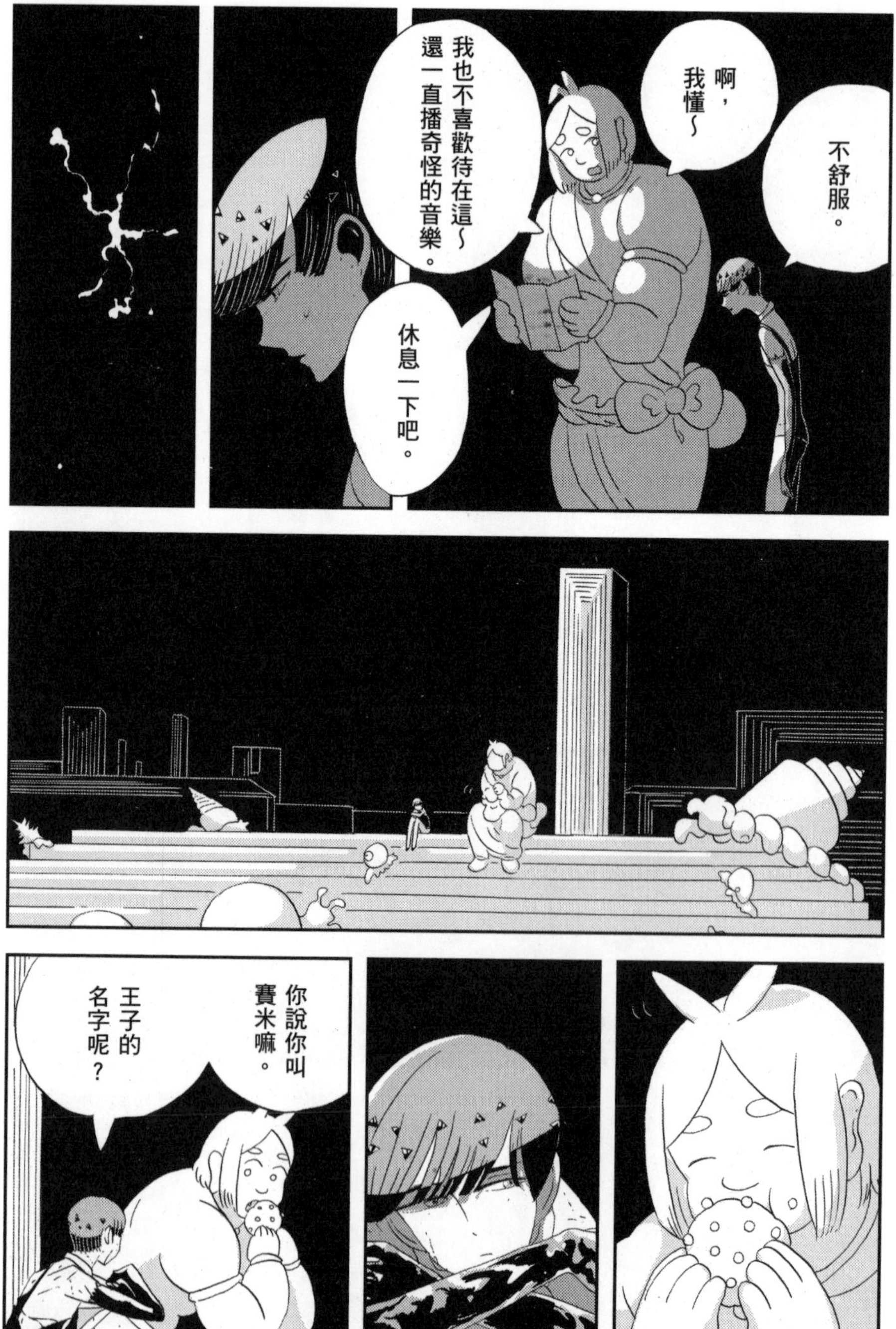
不舒服。
啊，我懂～
我也不喜歡待在這～還一直播奇怪的音樂。
休息一下吧。
你說你叫賽米嘛。
王子的名字呢？

※譯註：艾庫美亞（Aechmea），名字來自附生鳳梨屬，觀賞用的鳳梨花。

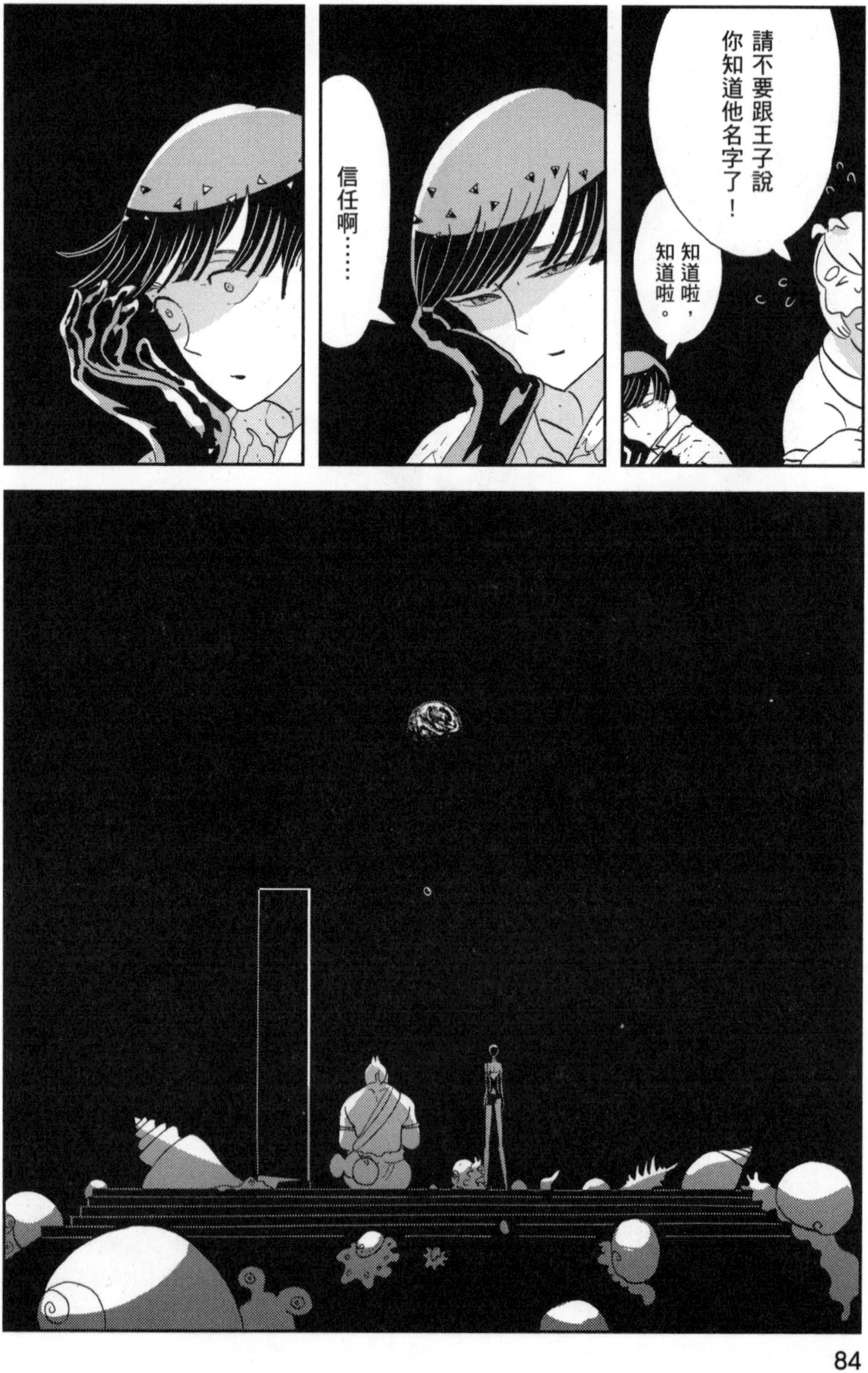
請不要跟王子說你知道他名字了！
知道啦，知道啦。
信任啊……

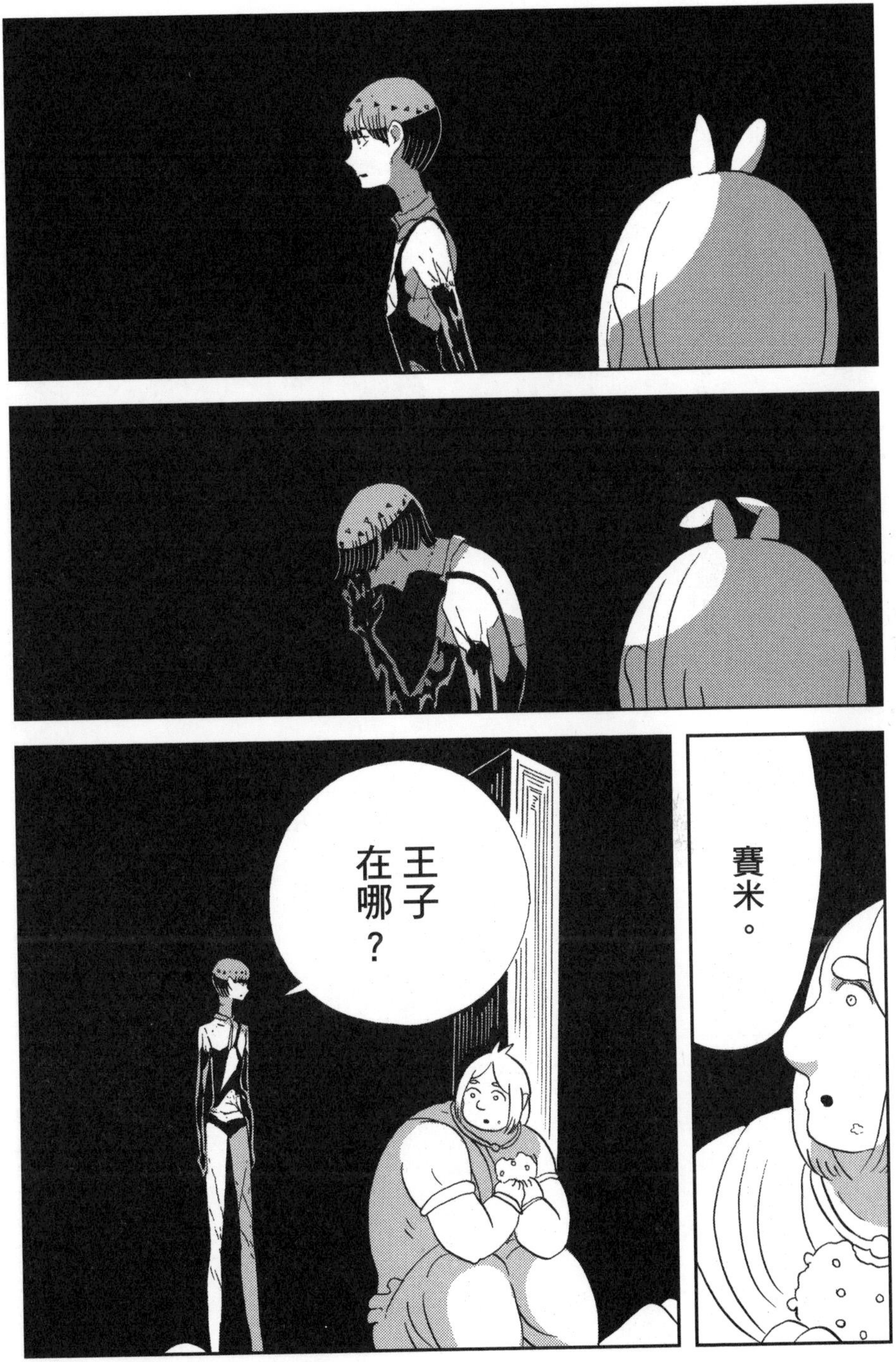
賽米。
王子在哪？

艾庫美亞。

真早啊。
非…非常對不起……
不要緊。
這副模樣真是失禮了。
有何急事？
或許，
老師還有件事沒經驗過。
那就是，

我們的背叛。
我去說服朋友，
帶他們來月亮。

唔。
你要回去把願意合作的寶石們帶來。
我這樣理解對嗎？
對。
可能性？
有一絲機會。
知道了，我想值得一試。
不過既然你要回去，
得讓我們監視你。
呃。

鏗
啷
這是合成珍珠。
我們的智慧結晶。

同時能掌握你的行動。
那來開始準備吧。
好難受。

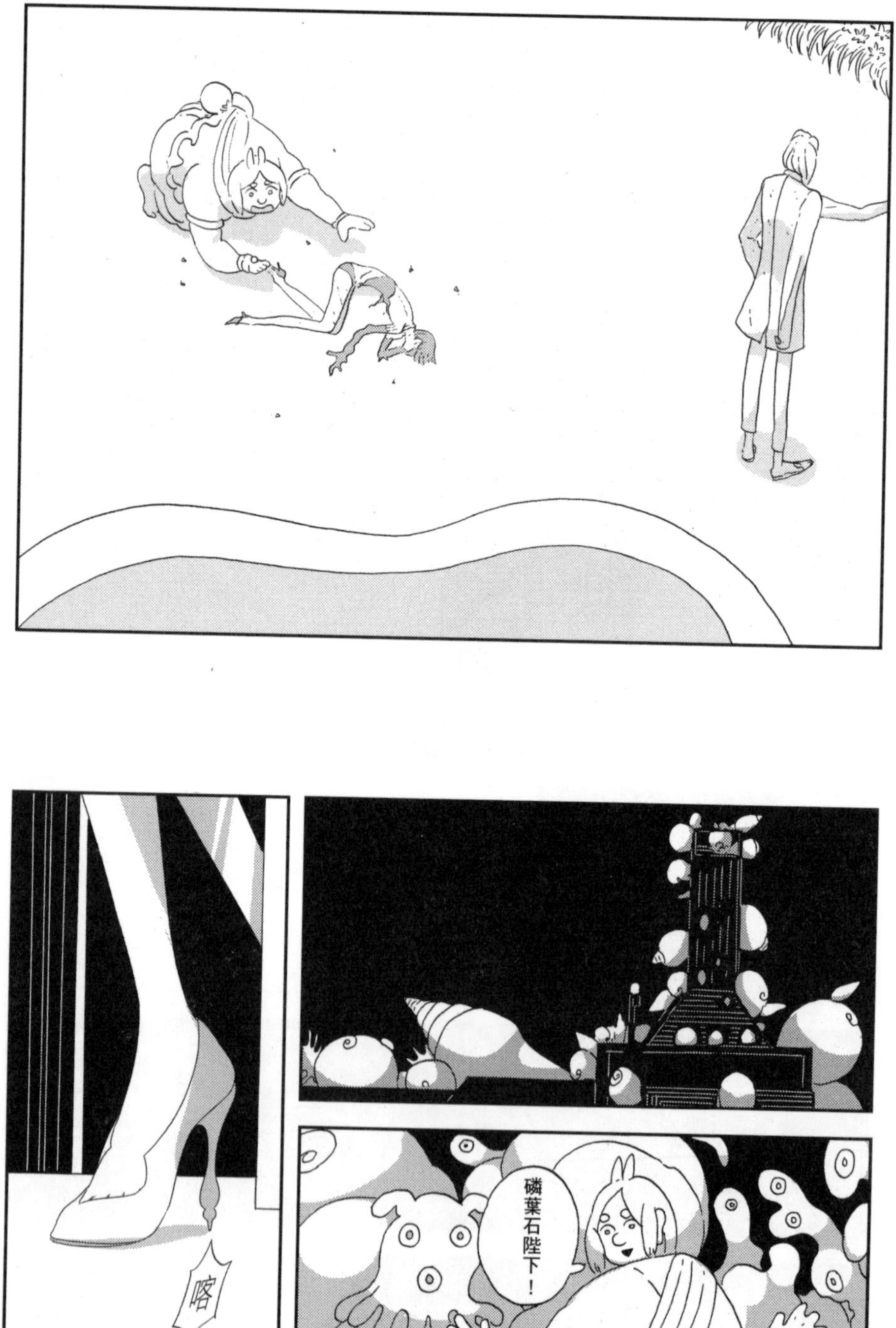
磷葉石陛下！
喀

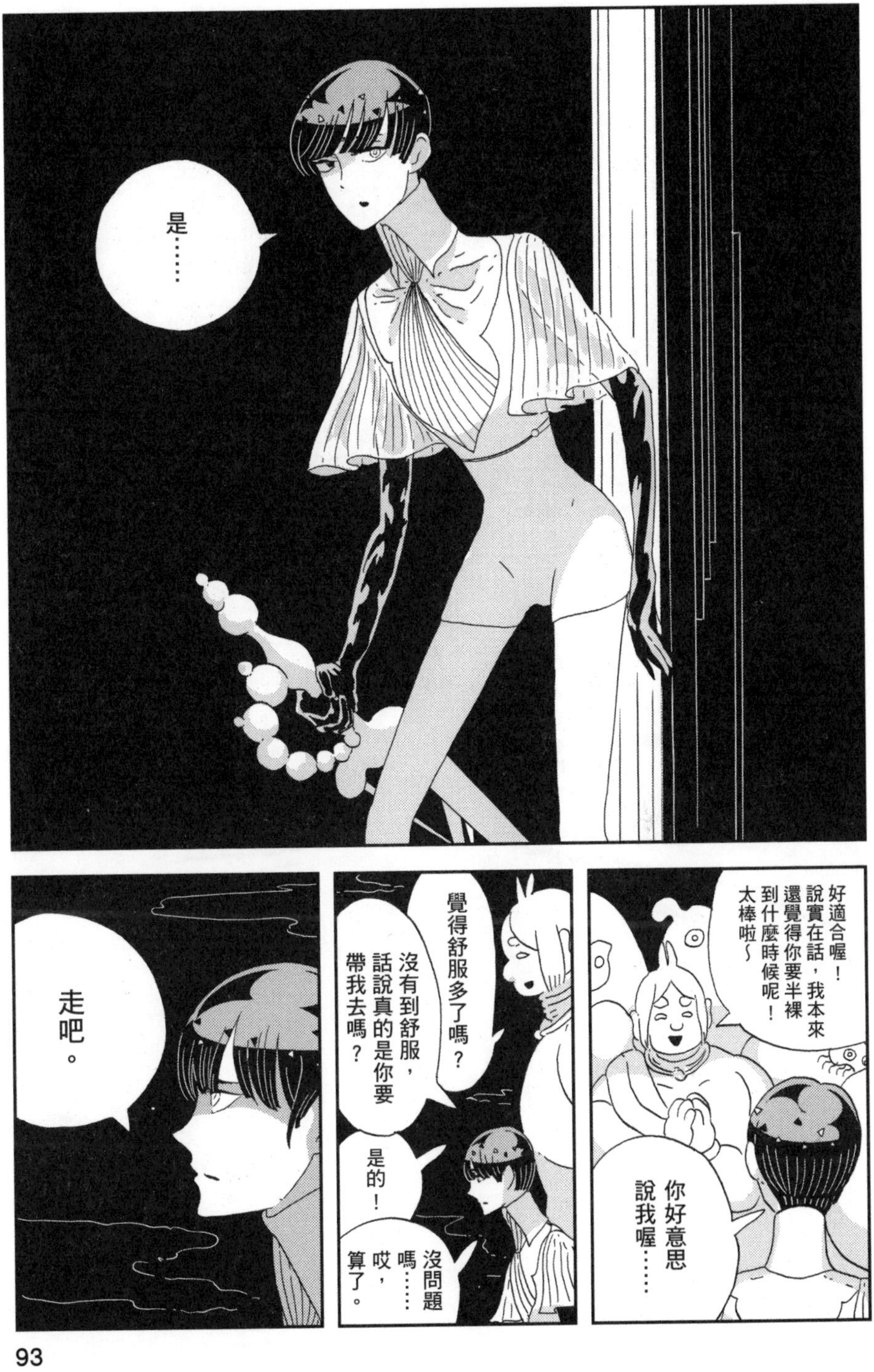
是……
好適合喔！說實在話，我本來還覺得你要半裸到什麼時候呢！太棒啦～
你好意思說我喔……
覺得舒服多了嗎？
沒有到舒服，話說真的是你要帶我去嗎？
是的！
沒問題嗎……哎，算了。
走吧。

〔第五十六話　合成珍珠〕　終

第五十七話

岐路

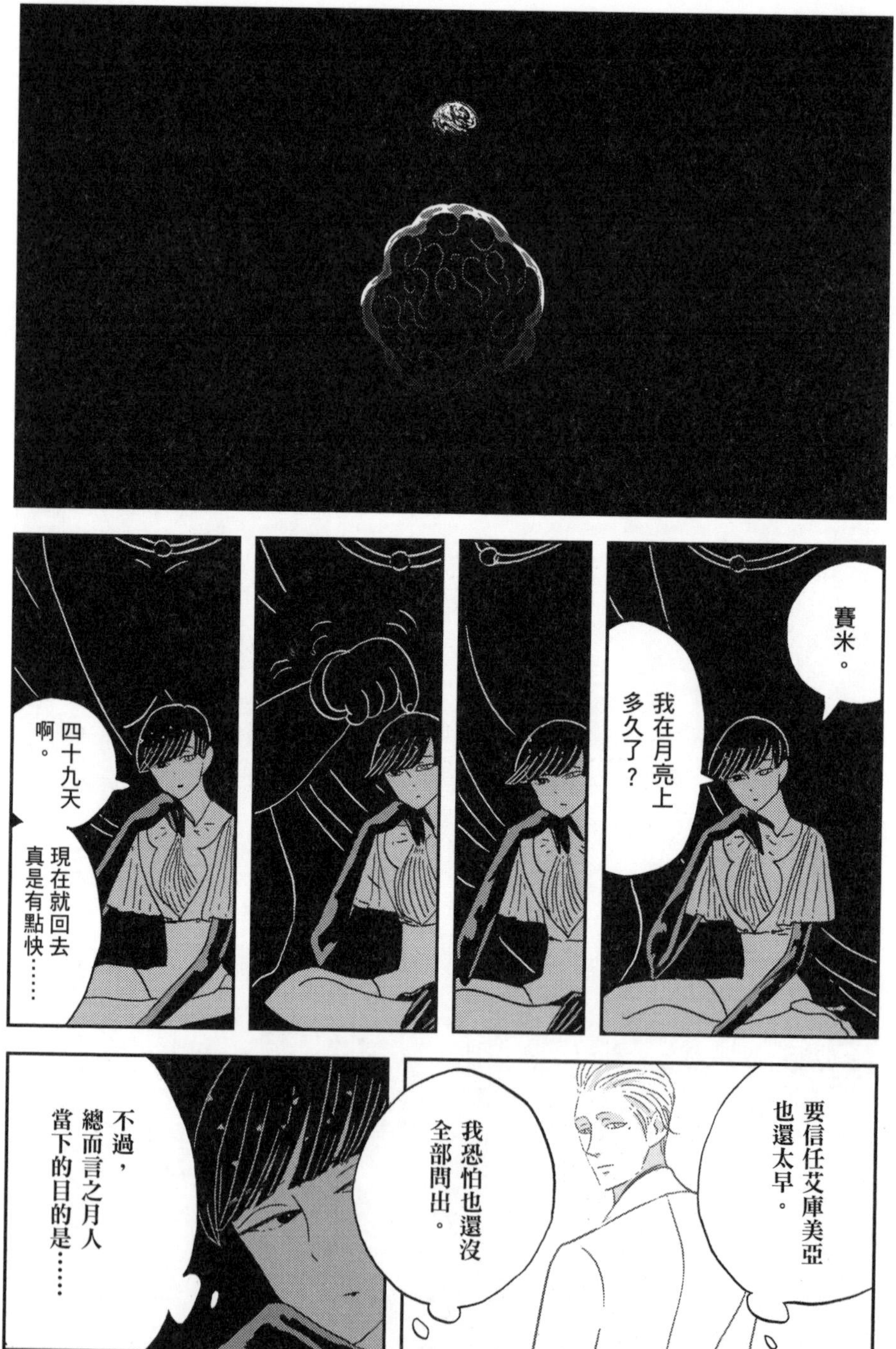
賽米。
我在月亮上多久了？
四十九天啊。
現在就回去真是有點快……
要信任艾庫美亞也還太早。
我恐怕也還沒全部問出。
不過，總而言之月人當下的目的是……

要讓身為祈禱機器的老師啟動功能，將他們化為虛無。
我只要真誠地協助他們，讓他們看到一定程度的進展，就沒理由帶走大家。
雖然也希望能讓每個寶石知道真相，
可是，老師是過去的動物製造的道具而且還故障了，這種話沒人會相信吧，相反地，他們會覺得我去了月亮變得怪怪的，因此而敵視我，這樣連好好說個話都會變很困難。
我得慎重但又要加快腳步，
把大家從老師身邊，
剝奪而去。
嘰

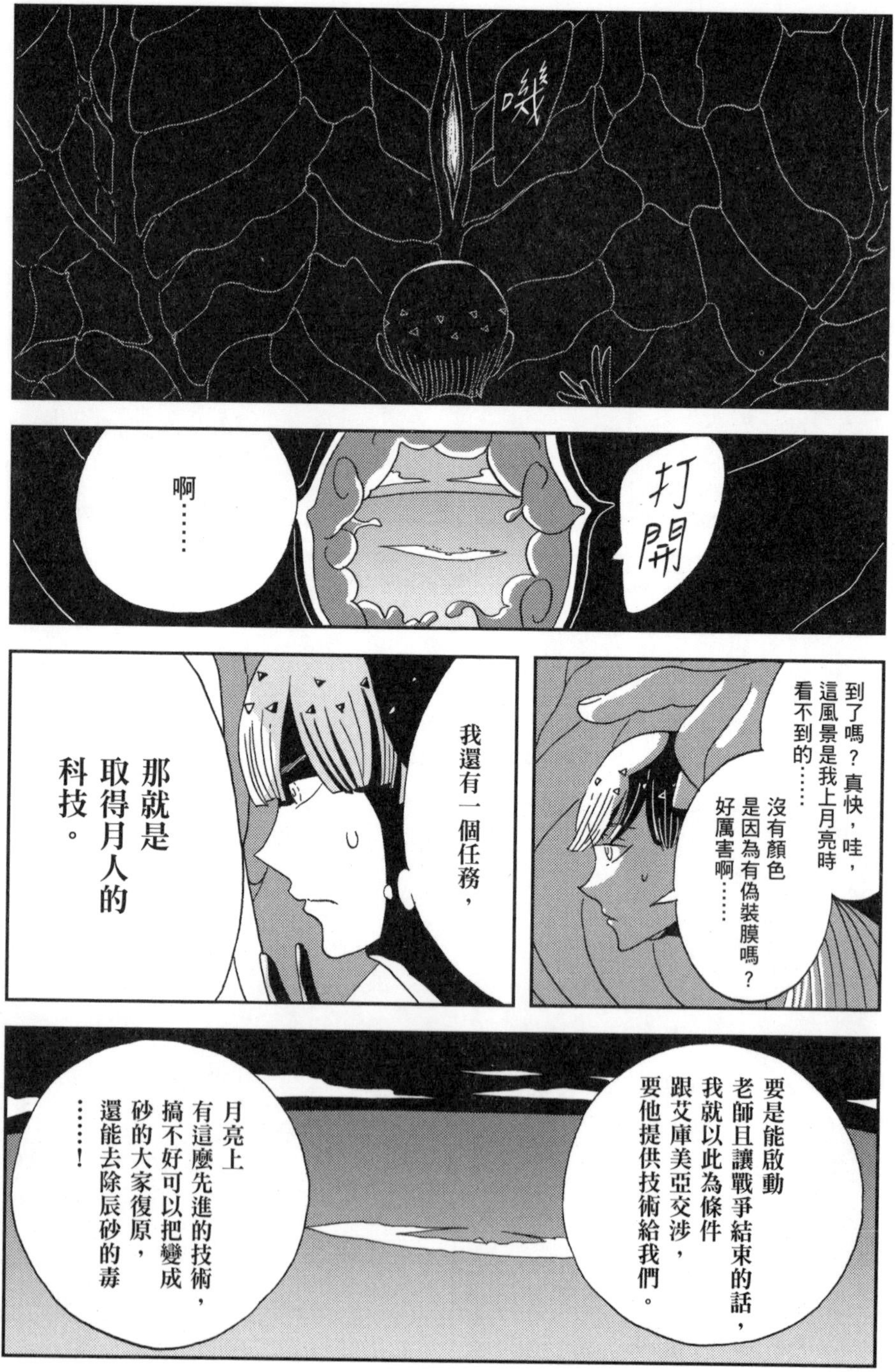
嘰
打開
啊……
到了嗎？真快，哇，這風景是我上月亮時看不到的……
沒有顏色是因為有偽裝膜嗎？好厲害啊……
我還有一個任務，
那就是取得月人的科技。
要是能啟動老師且讓戰爭結束的話，我就以此為條件跟艾庫美亞交涉，要他提供技術給我們。
月亮上有這麼先進的技術，搞不好可以把變成砂的大家復原，還能去除辰砂的毒……！

……總之，第一步很重要，我要成功拆散大家……要是沒辦到的話，我也會變成月亮上的砂。
哎呀，好緊張……
敲敲
哦～你真的沒問題嗎？
我想大家會真的強力攻擊你，還是要有戰鬥的緊張感……
嘶
嘶
喔……
看來沒問題……

緊抱
嗚哇。
知道了，知道了。
我沒問題啦，會好好辦的。
緊
ヒュッ
咻
裂

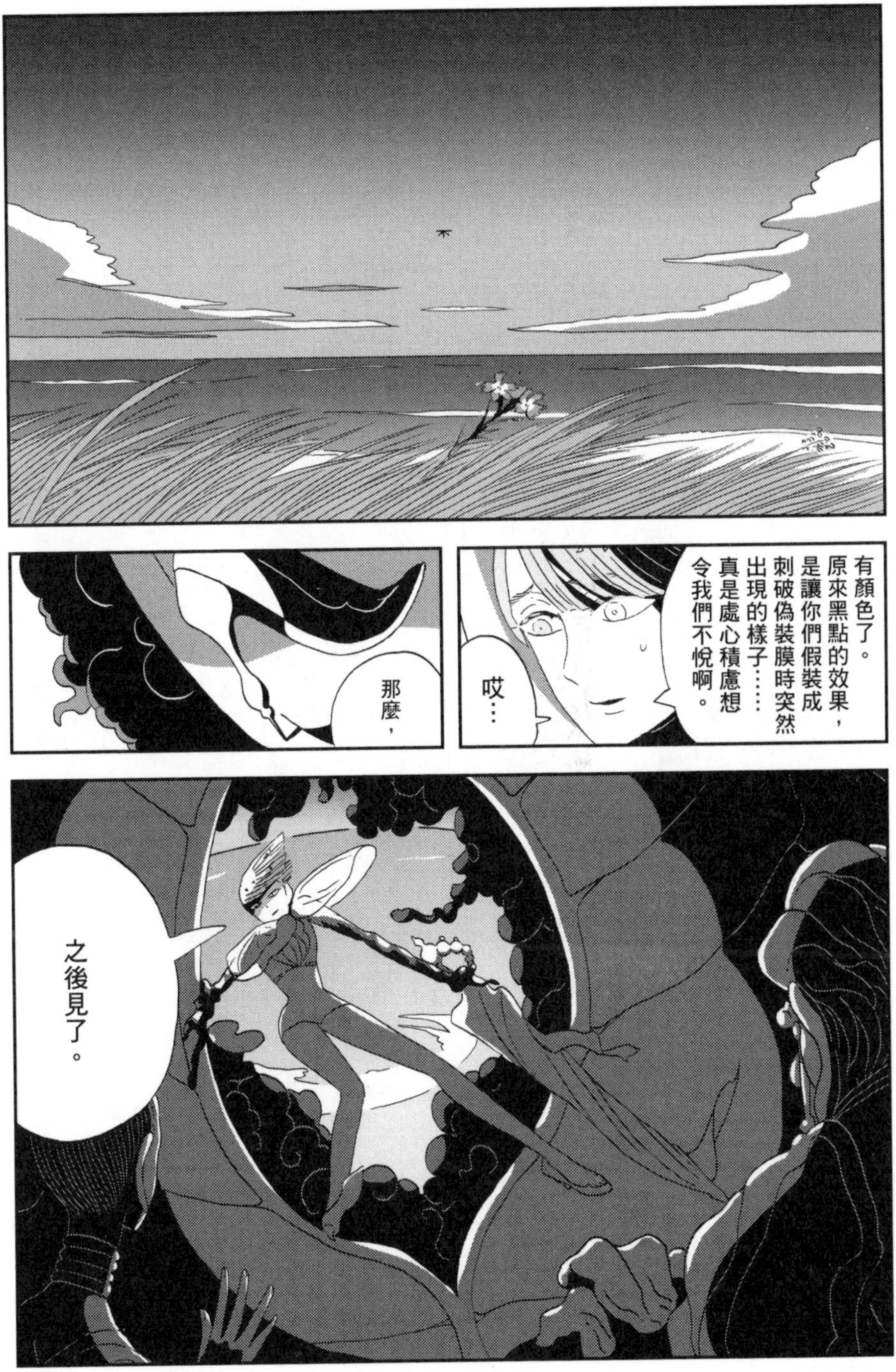
有顏色了。原來黑點的效果，是讓你們假裝成刺破偽裝膜時突然出現的樣子……真是處心積慮想令我們不悅啊。
哎……
那麼，
之後見了。

嗚啊啊～
月人那麼久都沒來～
抖來
抖去
無法冷靜
也就是說他們隨時都可能會出現吧？好緊張喔～！
哼嗯。
我寧可他們快點來～！可以的話最好去黑鑽那裡～！
也許是因為小磷比較軟，做成裝飾品要花些時間吧……？
你怎麼能立刻說出那麼恐怖的事…
掉落
不過說實在的，
不知道上了月亮他們會對我們做什麼，除了被做成武器以外還會變成什麼裝飾品呢……
好像該停止這話題了……？
哦……
唰
嘩啦

哇。
瓜瓜！
小巽！
上面！
哇。
反、
反方向的黑點
～～～～～!?
下面！

疑似是小磷⋯

等、
等！
等！
等等！
等一下！

新……
新型……？
……那傢伙肯定很強……是說為什麼那麼多件事同時發生啊。
嗯～我們年輕人似乎擋不住呀～安全第一！叫老師吧！
哎呀！

疑似小磷的要被帶走了！
提起
啊啊～！討厭啦～！好啦～！上了！
我們就用年輕人的力量衝吧！
嘩
吼——————！

不行~!
轟轟
隆
嗚哇。
呃。
哎呀。
提起
年輕人。
上吧~
喔~……

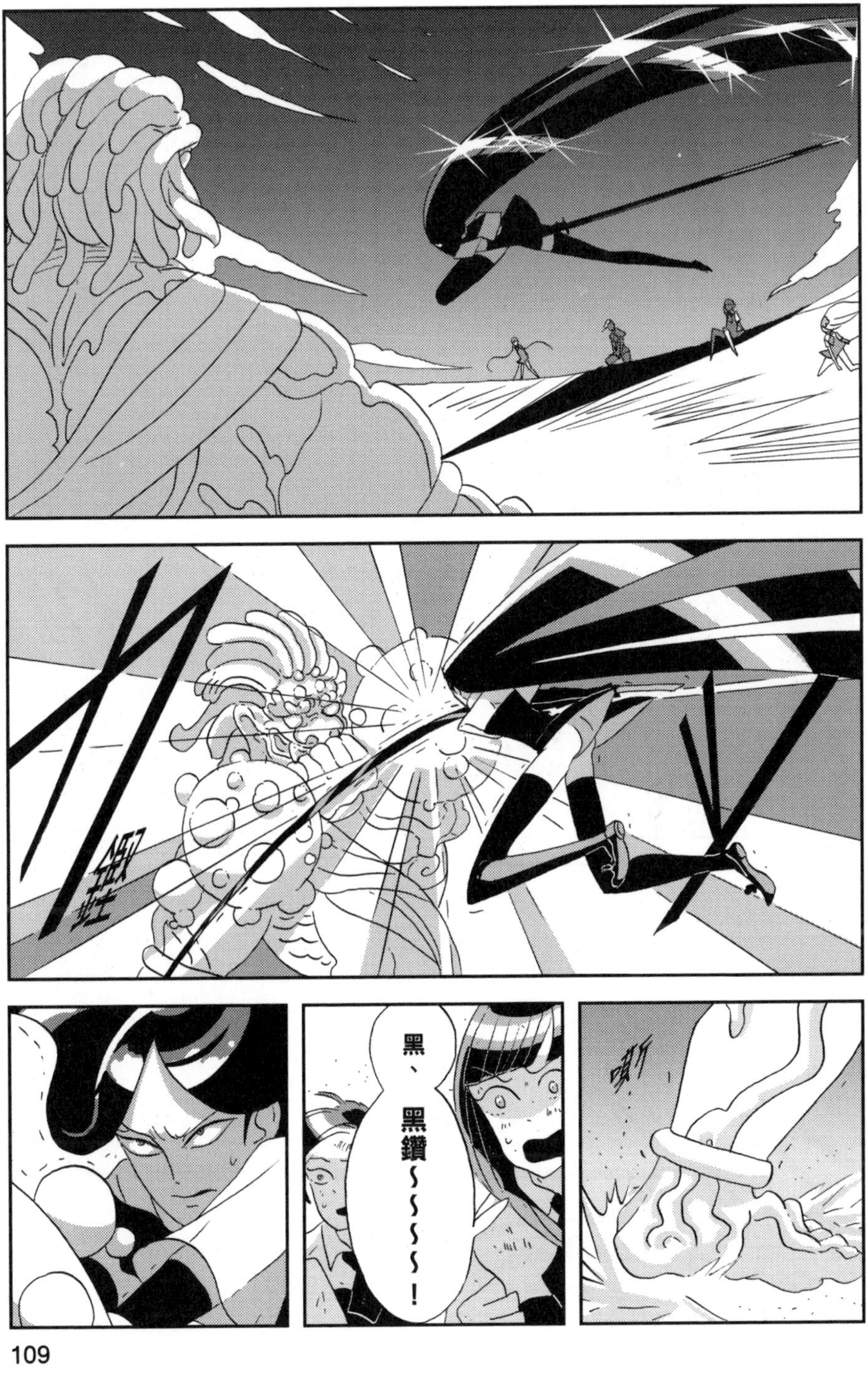
黑、黑鑽～～～～！

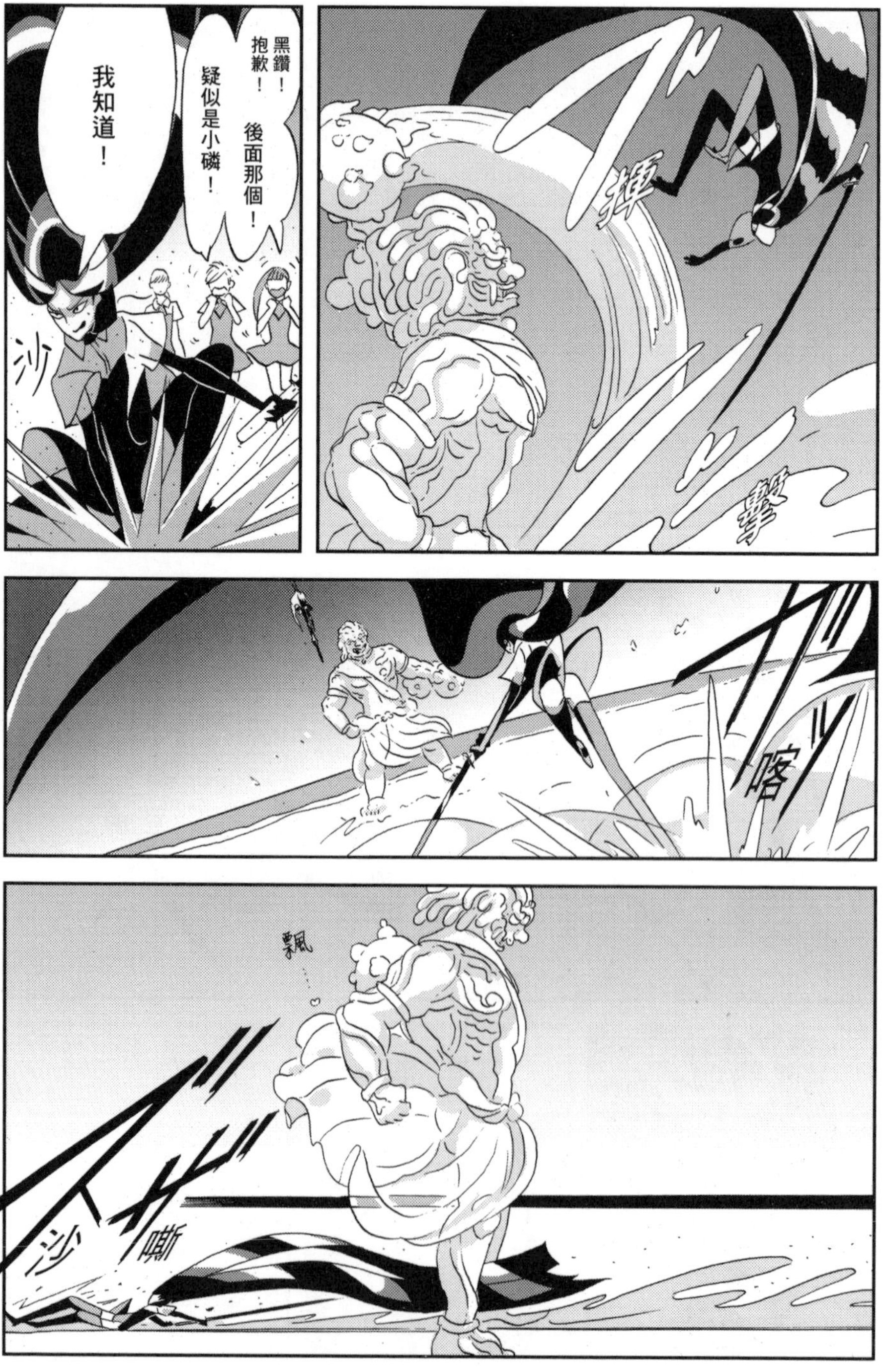
揮
擊
黑鑽！抱歉！後面那個！
疑似是小磷！
我知道！
沙
喀
飄……
沙
嘶

抓住
蹬

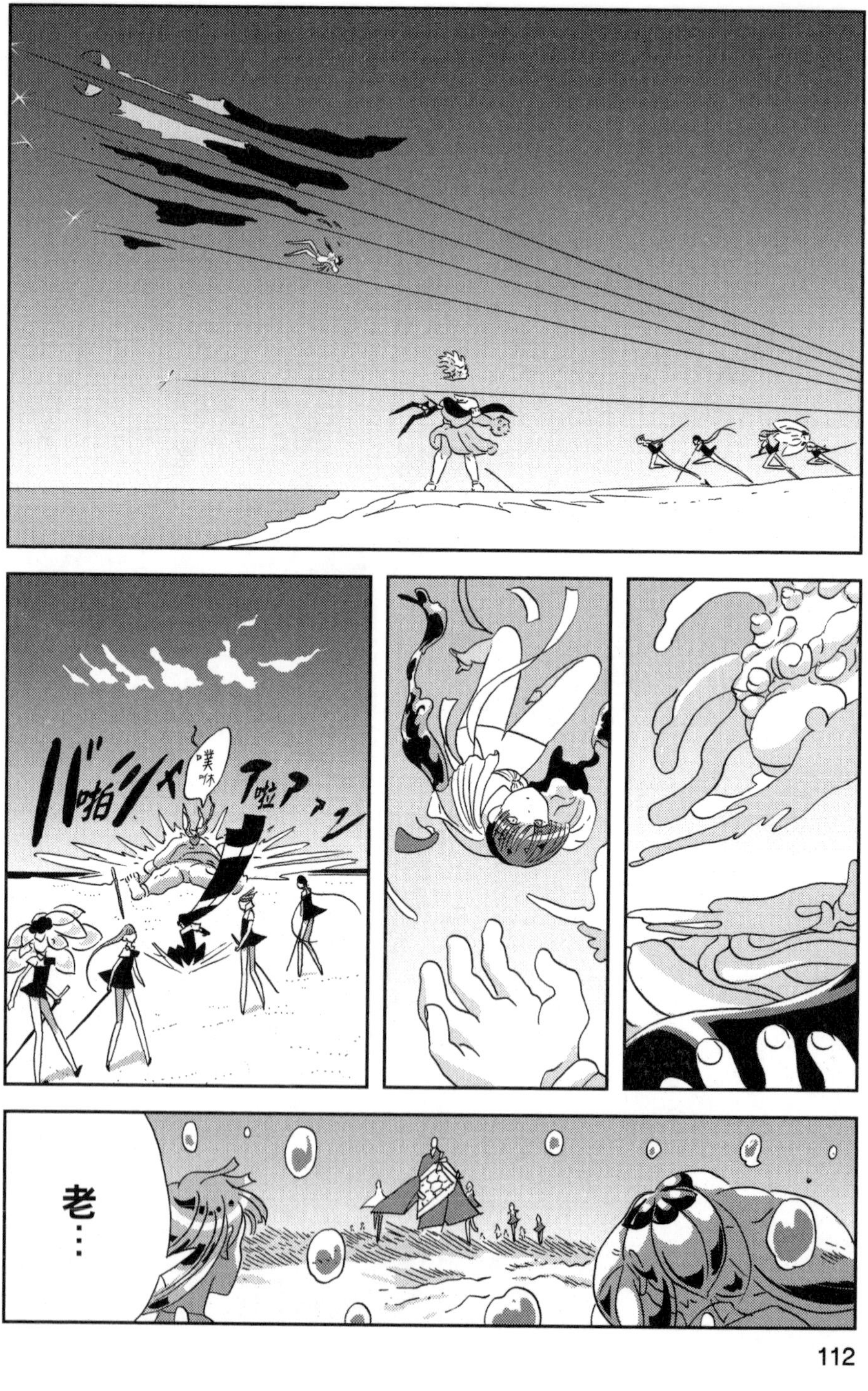
バシャアァァン
啪啦
噗咻
老…

老……
老師！疑似是小磷！那個疑似是小磷！
老師！那個！
那是小磷，對吧!?

回來啦。
是的。
這樣啊。

〔第五十七話　歧路〕　終

第五十八話 希望

喀隆
哦。
哦。
這~~~~不~~~~~是~~~~夢~~~~~~♪
別過來！別過來！好噁心！
那什麼鬼衣服！

你的衣服。
握緊
這把劍～！
那顆眼球……！
呼吸急促
心跳加速
好有份量唷
你在月亮那發生了什麼事呀～!?
在這在這
要問可以去別的地方嗎…
唉
想、
想不起來欸。

出現了～！
他最擅長的～！
嘿嘿。
嘿嘿嘿嘿嘿……
揮
揮
哇—
給我想起來～！
過去啦，紫翠。
啊啊啊啊啊……
月……月亮……
你看啦，小磷要變回笨蛋了。
這套衣服不會消失耶～為什麼？
怎麼回來的啊？
那個大隻的月人…
大、大家，慢慢來比較好吧……
海膽大爆笑。
海膽？月亮上有海膽嗎？
不……
你明明就相當錯亂嘛……

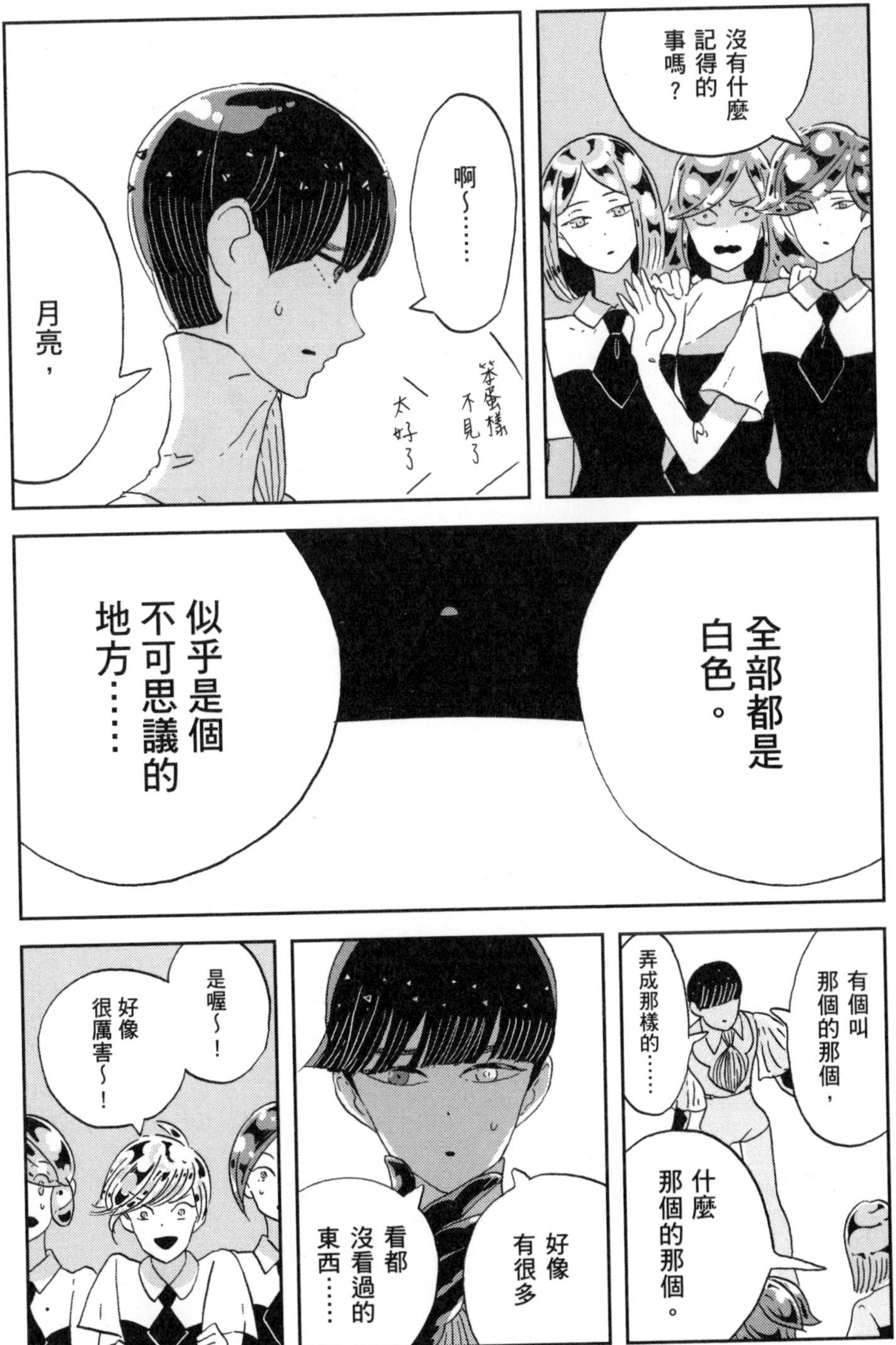
沒有什麼記得的事嗎？
啊～……
笨蛋樣不見了
太好了
月亮，
全部都是白色。
似乎是個不可思議的地方……
有個叫那個的那個，
弄成那樣的……
什麼那個的那個。
好像有很多
看都沒看過的東西……
是喔～！
好像很厲害～！

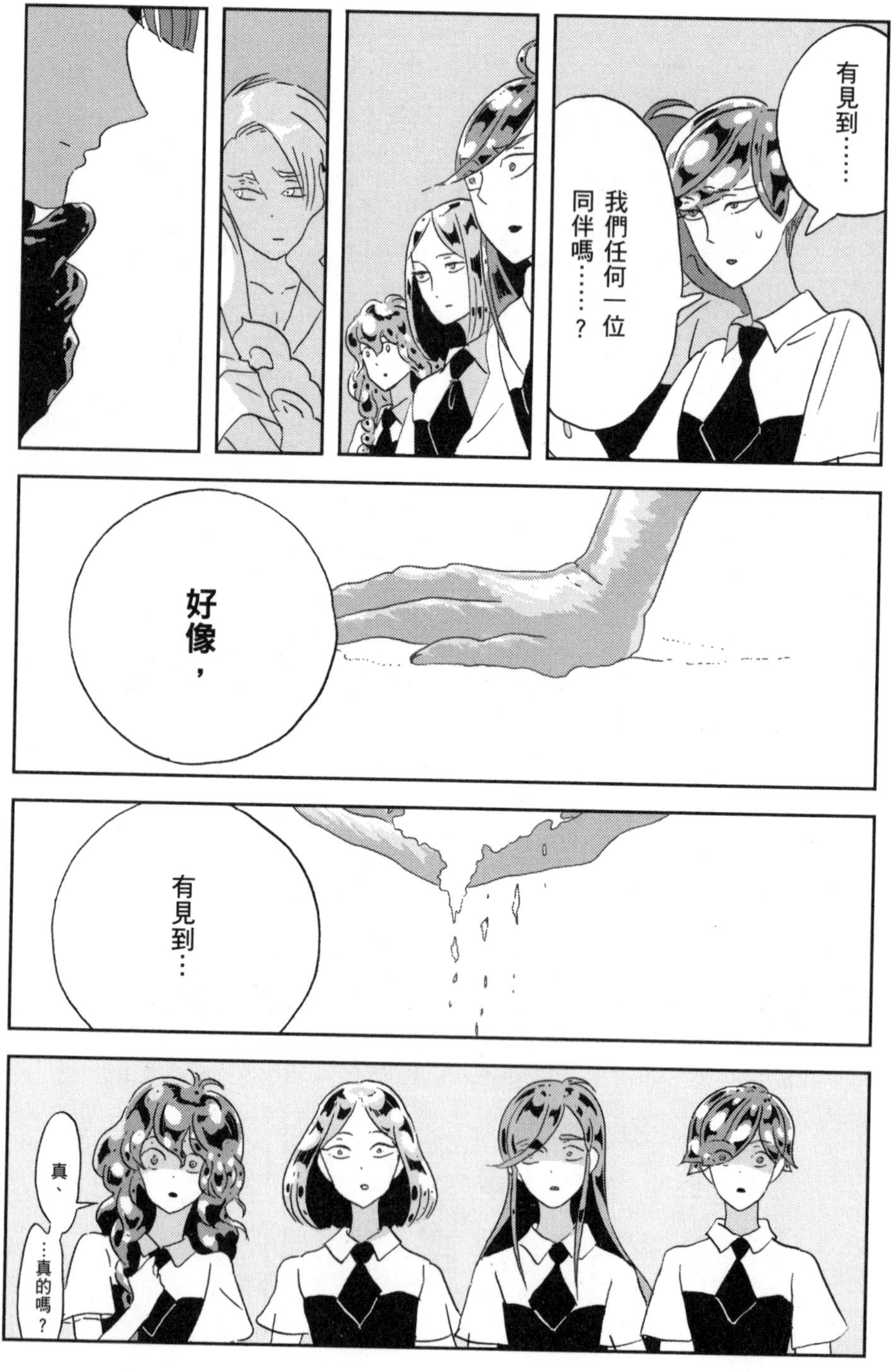
有見到……
我們任何一位
同伴嗎……？
好像，
有見到…
真、
…真的嗎？

啊，但是，我沒有跟他們說到話，
不是這個意思……
抱歉。
都是些沒用的片段資訊。
沒關係……
話說老師，

不像以往會集合大家說明情況耶。
對耶。
我也在想怎麼了呢。
他有跟你說什麼嗎？小磷。
沒有。
我從海濱回來時，他只說「太好了」。
就這樣。
哎，也是啦，雖然記不得發生什麼事很可惜，平安回來就好了。
外表看起來好像不太一樣，但內在還是小磷。
嗯嗯。
完整地從月亮回來可是第一次唷。
小磷好厲害。
嗯！

是我們的希望。
真的什麼都記不得？

你猜猜~♡
很煩耶。
小青可是能平心靜氣地撒謊，一百年不被拆穿的。
你撒謊功力很爛，反而很詭異…
啊，所以黑水晶你…
受小青影響，很會演啊。
喂！不是吧！我不是有意要……
別演了。
不管你有沒有說謊，我現在是夏眠途中。
不想聽讓人難以入睡的內容。
要是不急的話，秋天再想起來吧。

哎唷～再多關心我一點嘛～來玩猜謎～猜我記不記得月亮上的事呀～
啊～吵死了吵死了。
THINKING TIME DANCE
老子去睡覺了。
答案是，

我都記得……
本來打算所有事情都自己來，
可是剛剛一跟你說話，就有了希望你能幫我的念頭。
真煩。
唰

等等。
等等等
等一下！
快步離去……
老、
老師！
怎麼？
您、您、沒有、任何、
想問我的事情嗎？
沒有。

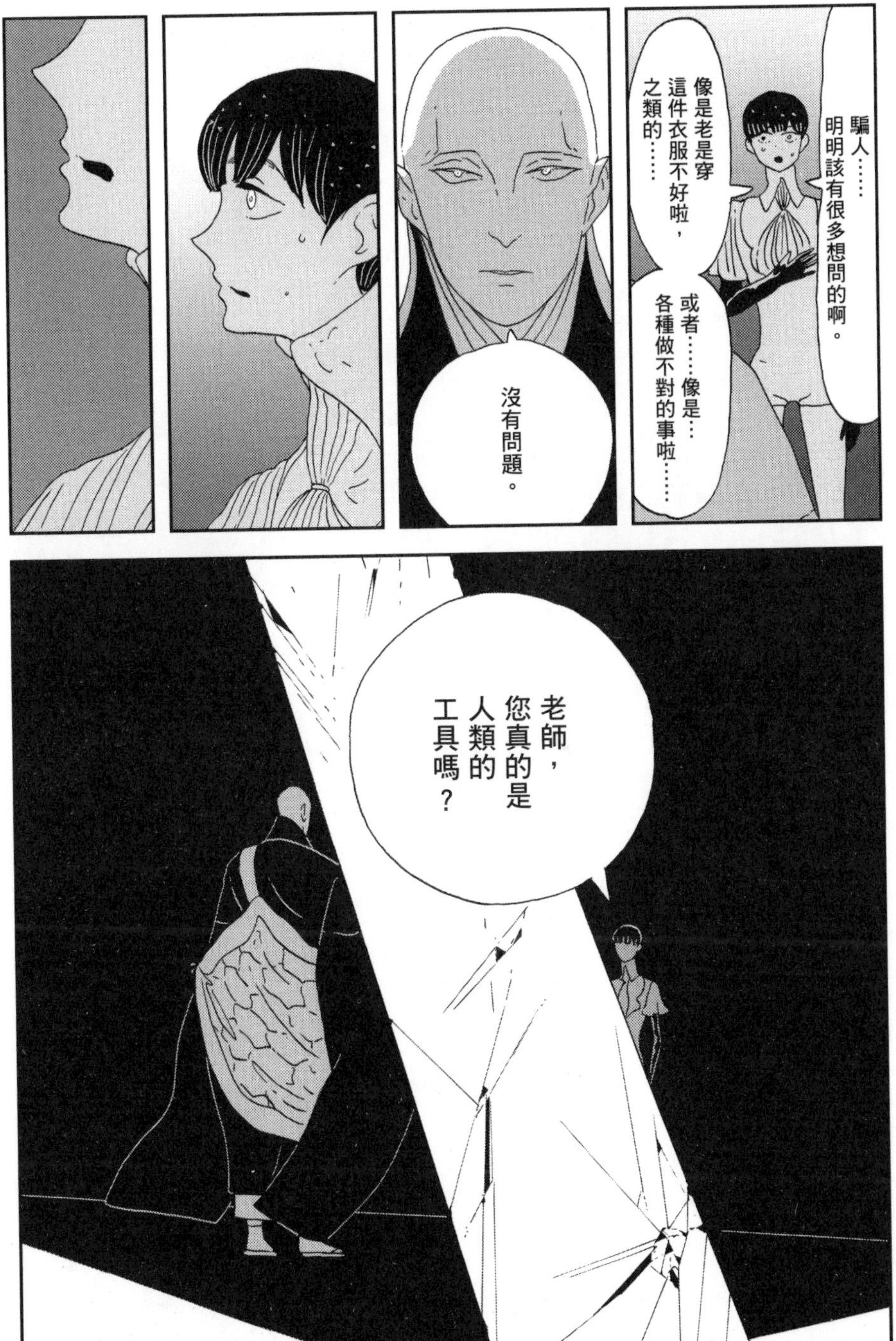
騙人……
明明該有很多想問的啊。
像是老是穿這件衣服不好啦，之類的……
或者……像是……各種做不對的事啦……
沒有問題。
老師，您真的是人類的工具嗎？

是啊，真的。
我從哪裡，
又是從誰那邊聽來的，您不會好奇嗎……？

不會。
您、
您不把我當一回事嗎？
我沒有……
為什麼不會好奇我怎麼回來的!?

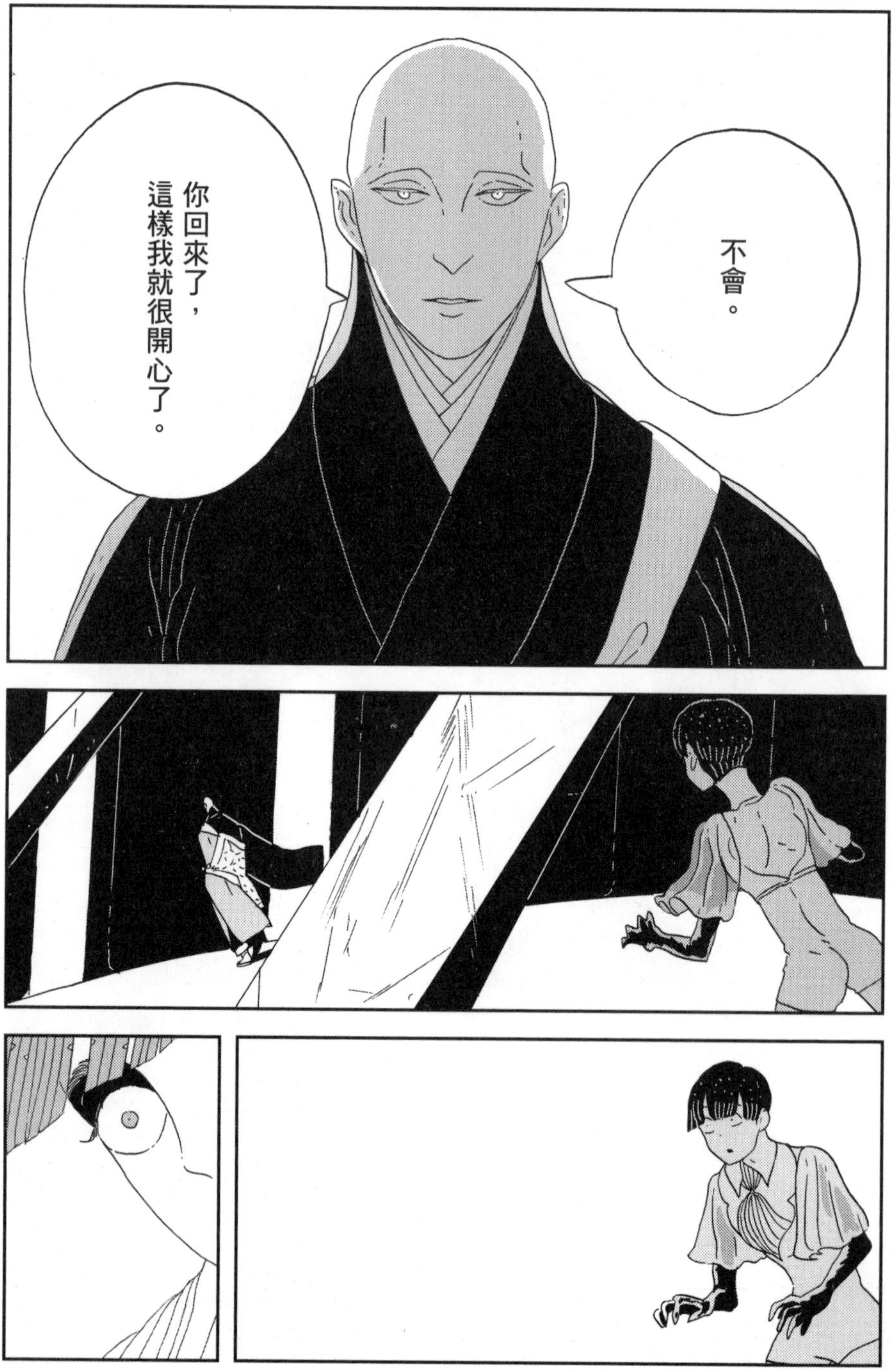

不會。
你回來了，這樣我就很開心了。

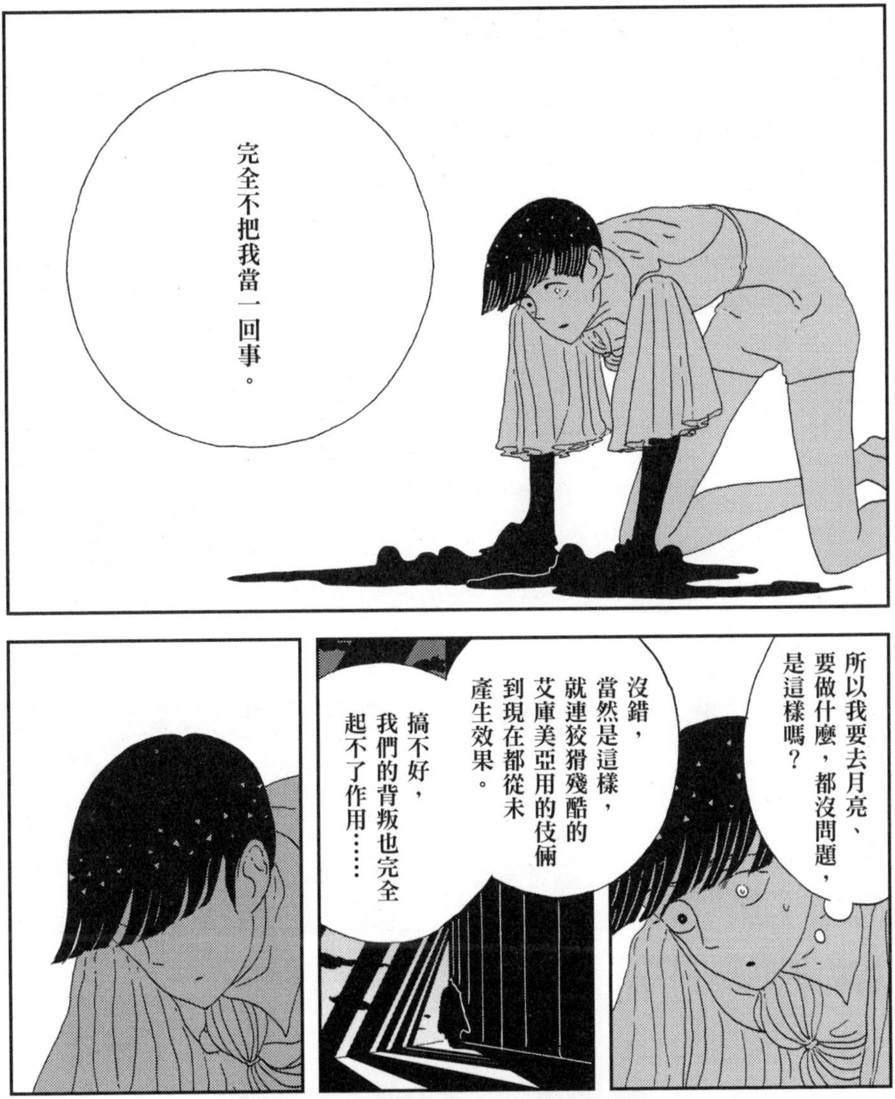
完全不把我當一回事。
所以我要去月亮、要做什麼，都沒問題，是這樣嗎？
沒錯，當然是這樣，就連狡猾殘酷的艾庫美亞用的伎倆到現在都從未產生效果。
搞不好，我們的背叛也完全起不了作用……
不。
行不行得通，試了才知道。

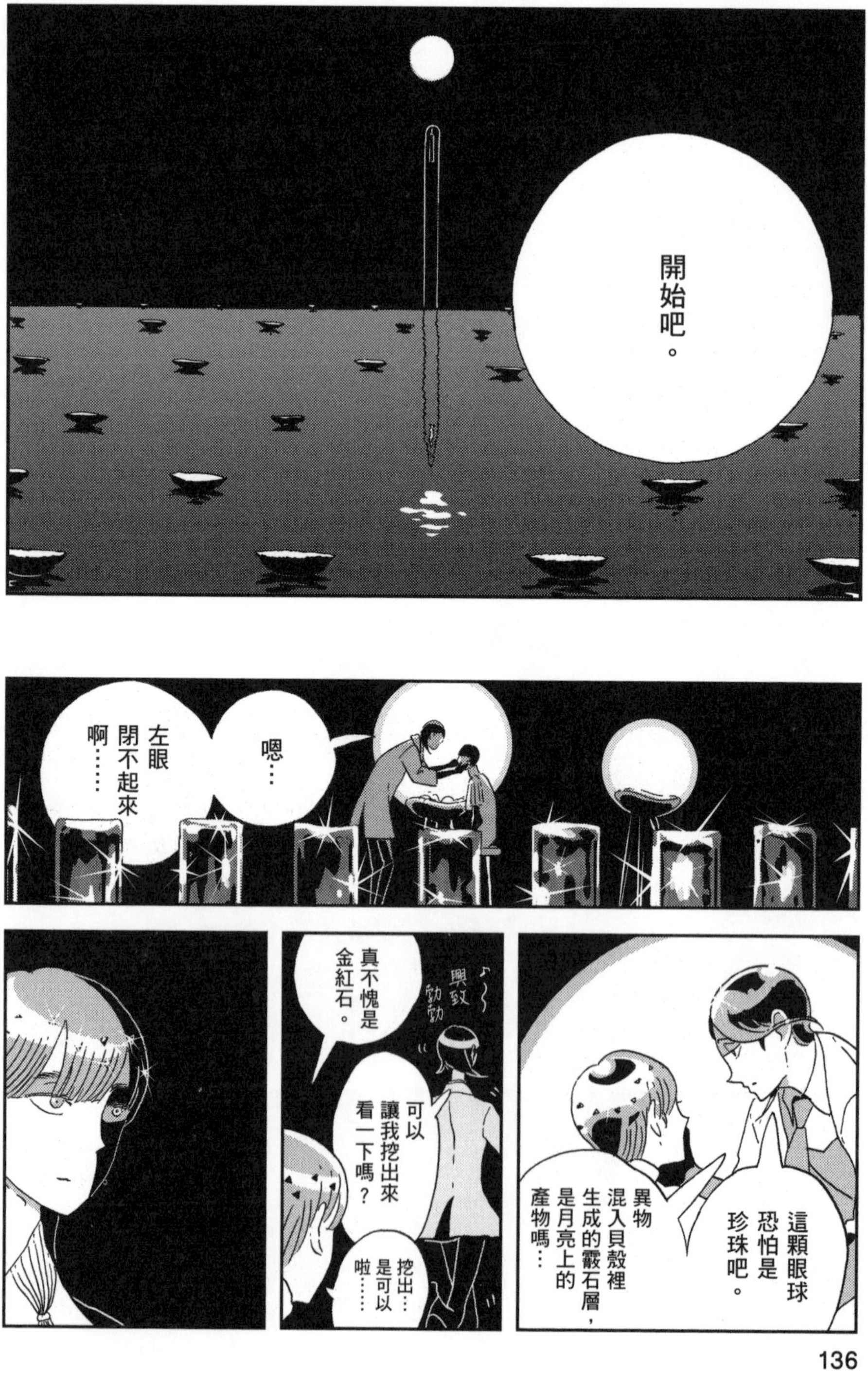
開始吧。
嗯……
左眼閉不起來啊……
這顆眼球恐怕是珍珠吧。
異物混入貝殼裡生成的霰石層，是月亮上的產物嗎…
真不愧是金紅石。
興致勃勃
可以讓我挖出來看一下嗎？
挖出…是可以啦……

我在月亮上，
看到了寶石的合成技術。
他們製造出無數個沒有內含物的寶石。
令我想起，

〔第五十八話　希望〕　終

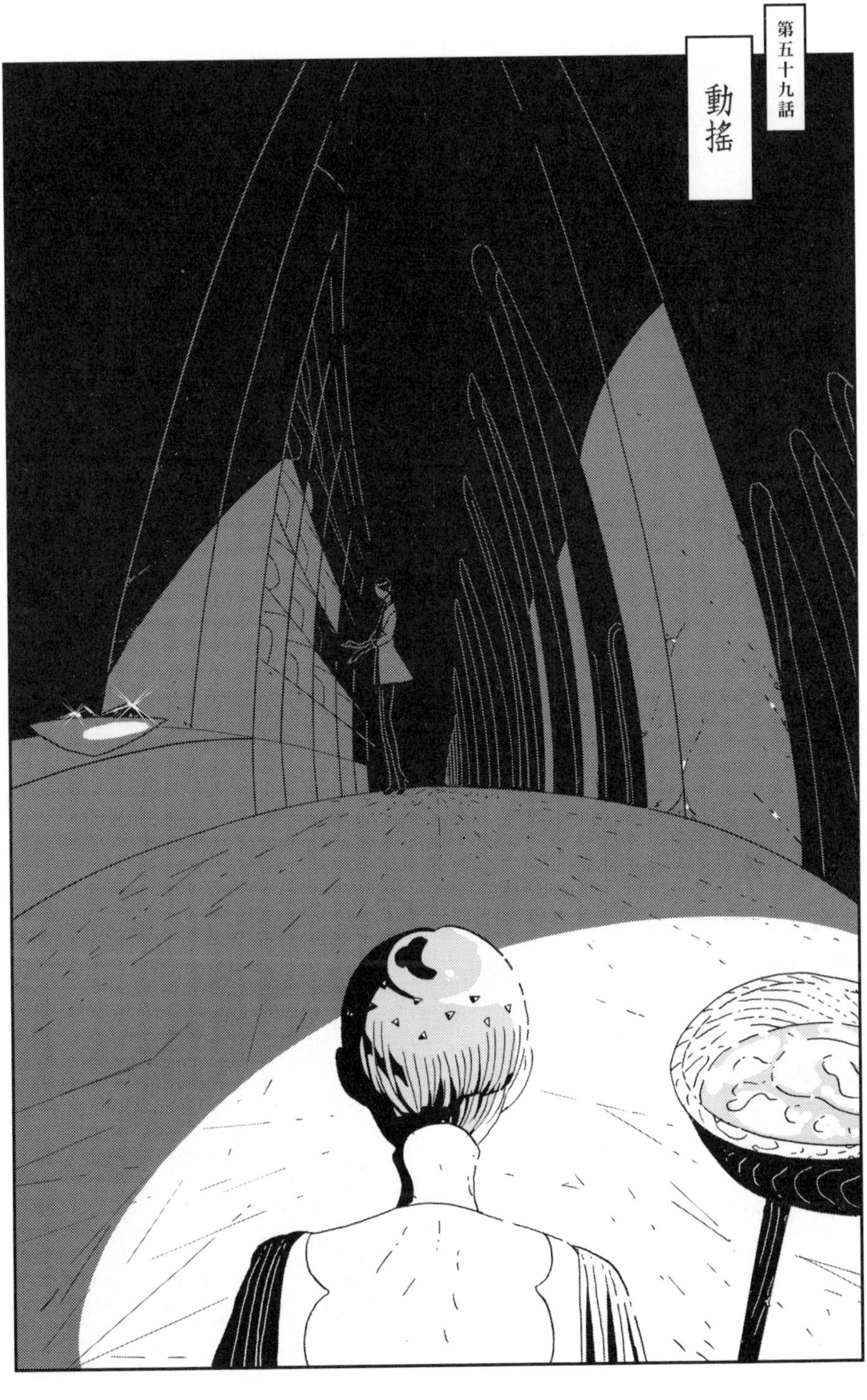
第五十九話
動搖

我現在，
想起了這件事。
意思是在月亮上
他可能會被治好嗎？

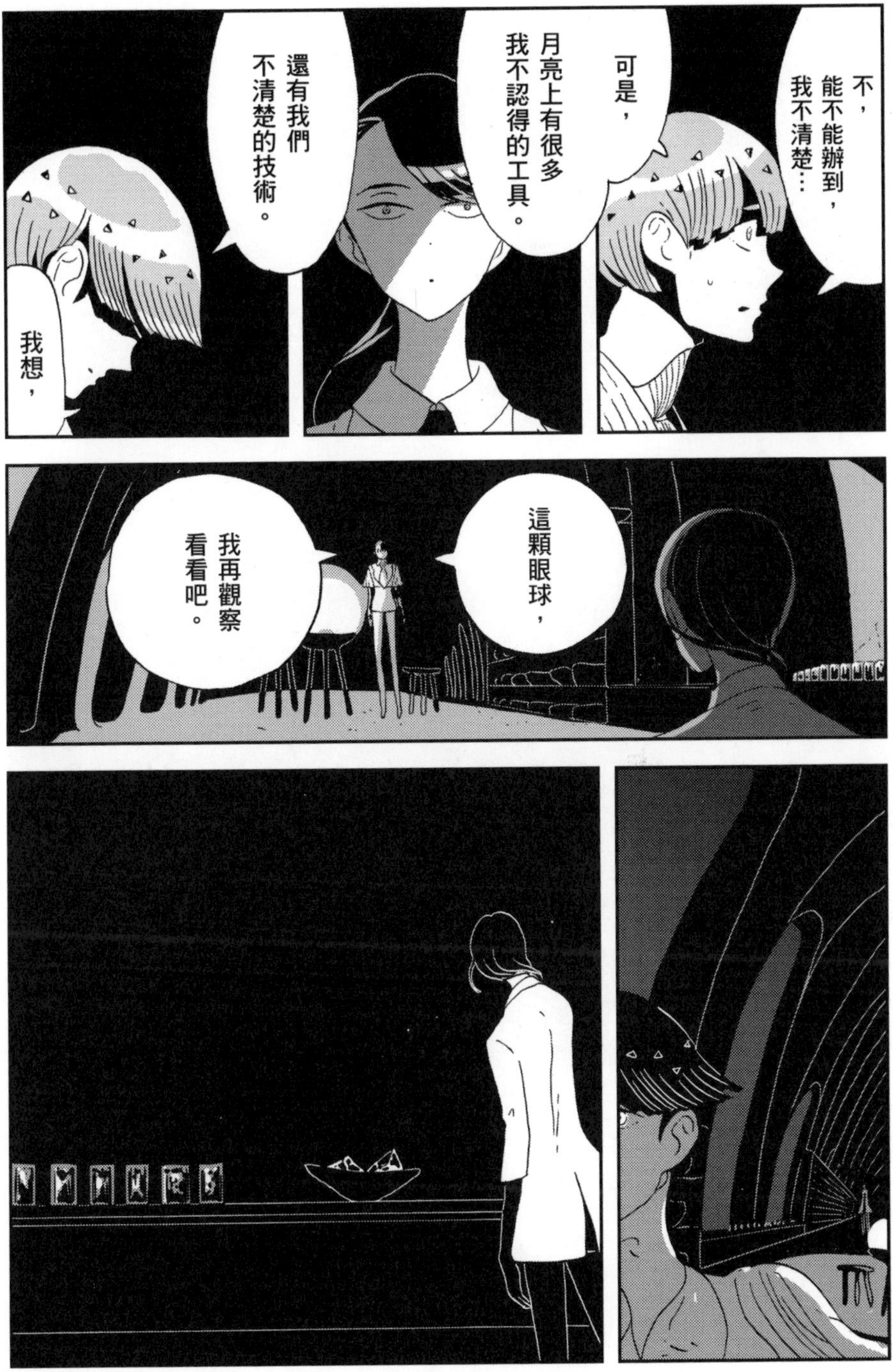
不，能不能辦到，我不清楚…
可是，月亮上有很多我不認得的工具。
還有我們不清楚的技術。
我想，
這顆眼球，
我再觀察看看吧。

嘆氣
打擊他們的弱點，促使他們自發性地配合。
要讓他們的猜疑控制在最小限度，我只想得出這法子。
真的是很老套，可是我也不可能一個一個拉人。
二十八……不對，二十七了。

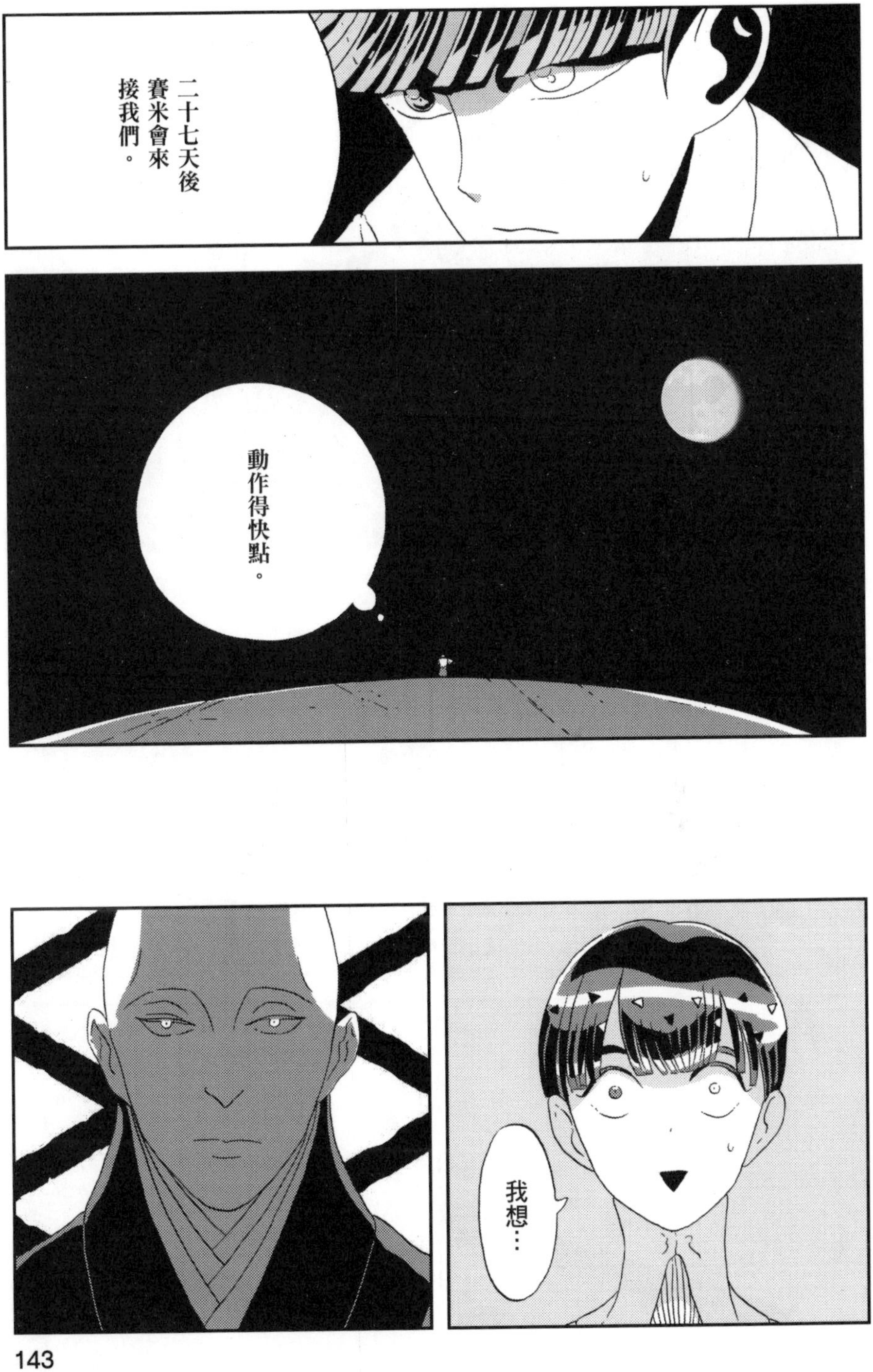

二十七天後
賽米會來
接我們。
動作得快點。
我想…

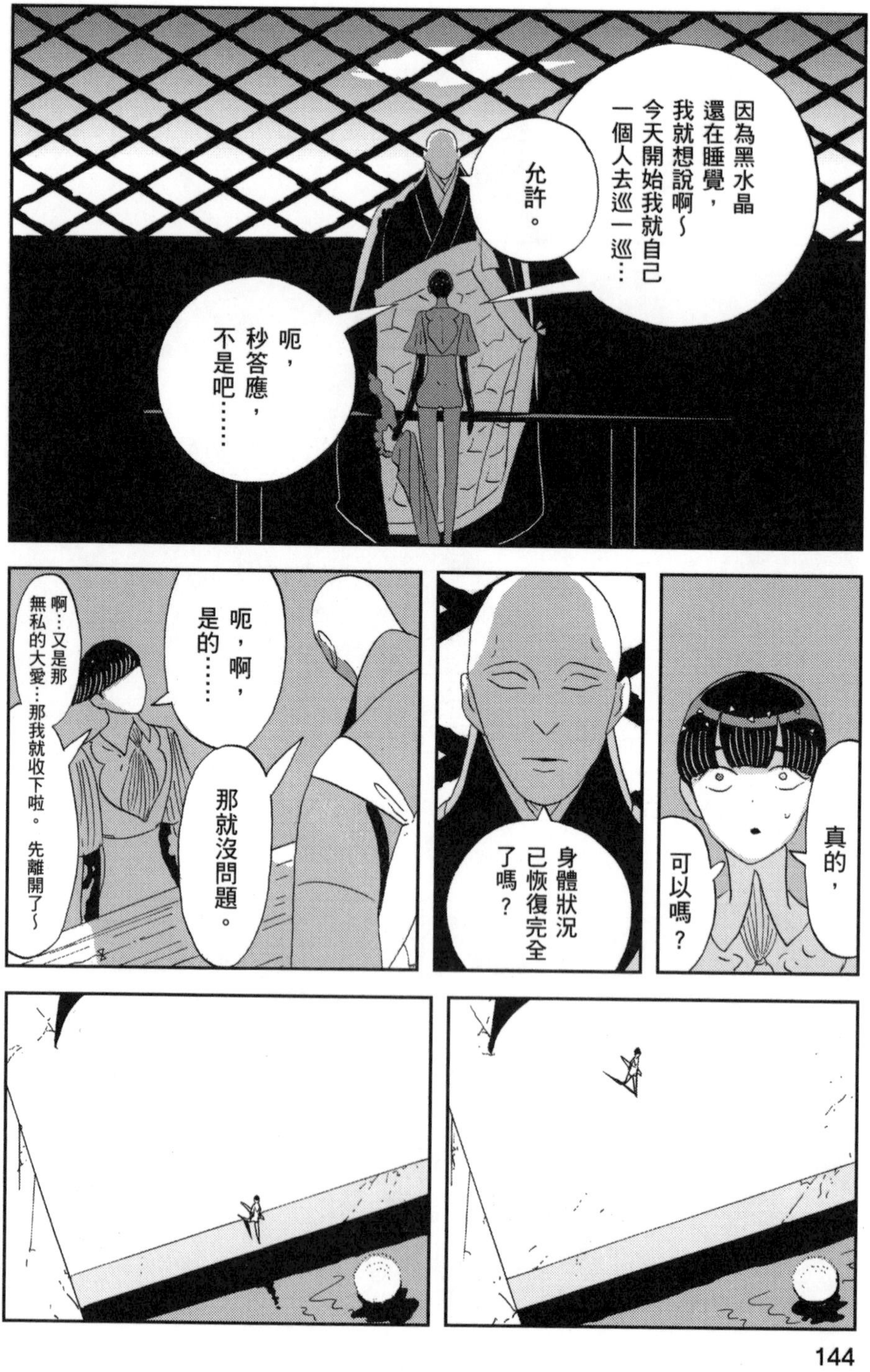
因為黑水晶還在睡覺，我就想說啊～今天開始我就自己一個人去巡一巡…
允許。
呃，秒答應，不是吧……
真的，可以嗎？
身體狀況已恢復完全了嗎？
呃，啊，是的……
那就沒問題。
啊…又是那無私的大愛…那我就收下啦。先離開了～

故意放我走？
雖然他不把我當一回事，
可是我行為那麼可疑，還讓我自由行動，到底在想什麼啊！
想必是相當有自信吧，哼嗯，也是啦。
世界上最堅固的金剛……
我一定要擊毀你。

感謝……
小磷！
哦？
我們想再聽一些月亮的故事！有想起什麼嗎？
唔～這個嘛……

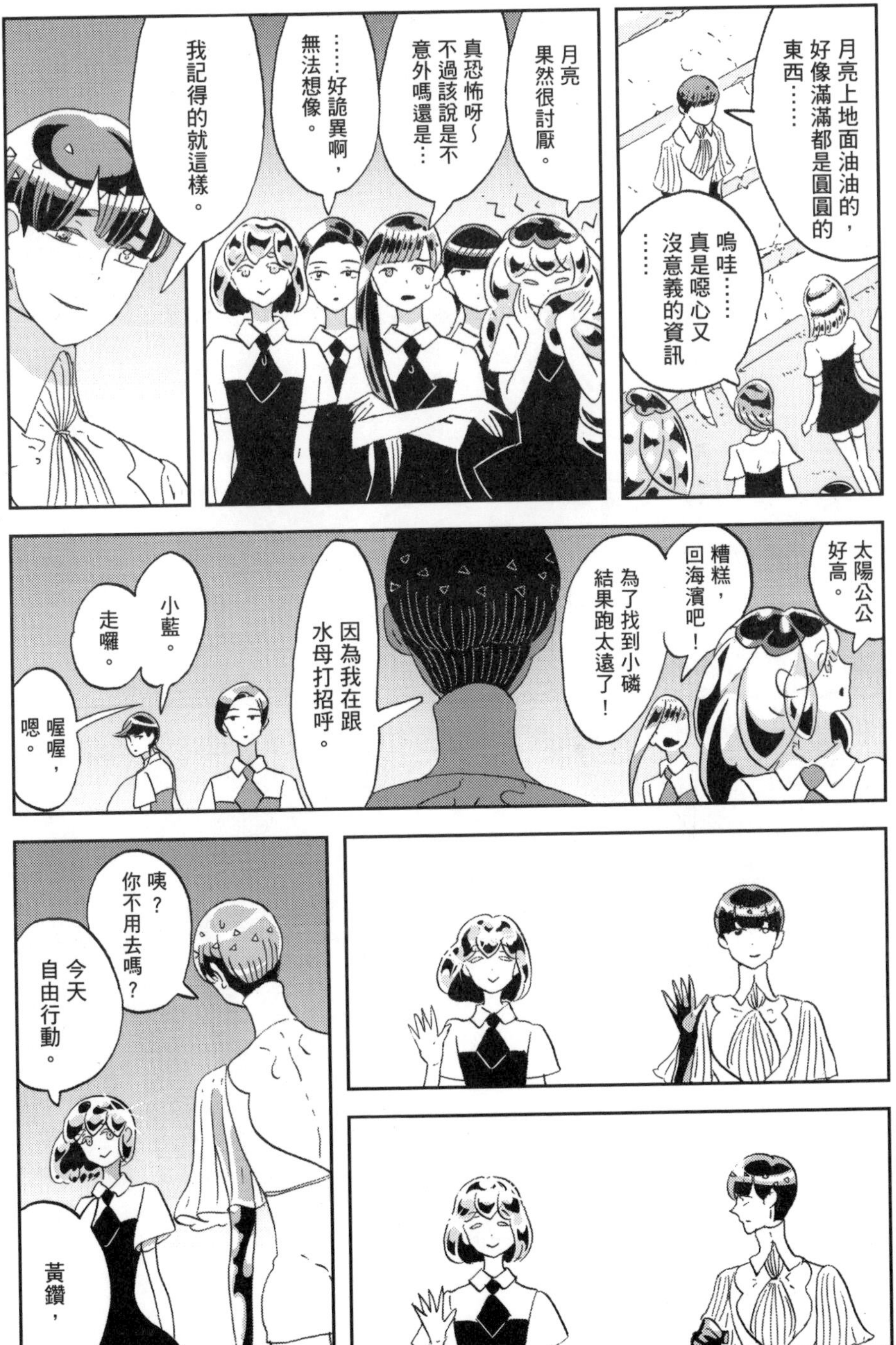

月亮上地面油油的，好像滿滿都是圓圓的東西……
嗚哇……真是噁心又沒意義的資訊……
月亮果然很討厭。
真恐怖呀～不過該說是不意外嗎還是…
……好詭異啊，無法想像。
我記得的就這樣。
太陽公公好高。
糟糕，回海濱吧！
為了找到小磷結果跑太遠了！
因為我在跟水母打招呼。
小藍。走囉。
喔喔，嗯。
咦？你不用去嗎？
今天自由行動。
黃鑽，

他希望今天休息一下。
有點擔心他。
是喔，擔心啊。
問你喔，小磷。
月亮上發生的事你其實都記得，對吧？

只是你很體貼，
怕大家聽完太驚恐，所以假裝忘記，每次只說一點點。
我猜的沒錯吧？
我不怕聽月亮上的事。
我希望，
可以去沒有黑鑽在的地方。

我已經試了很多方法，
還是沒辦法改變。
就是這樣～
要是我有想起什麼能幫到小鑽的部分，
會立刻跟你說。
謝謝你。
我很期待。

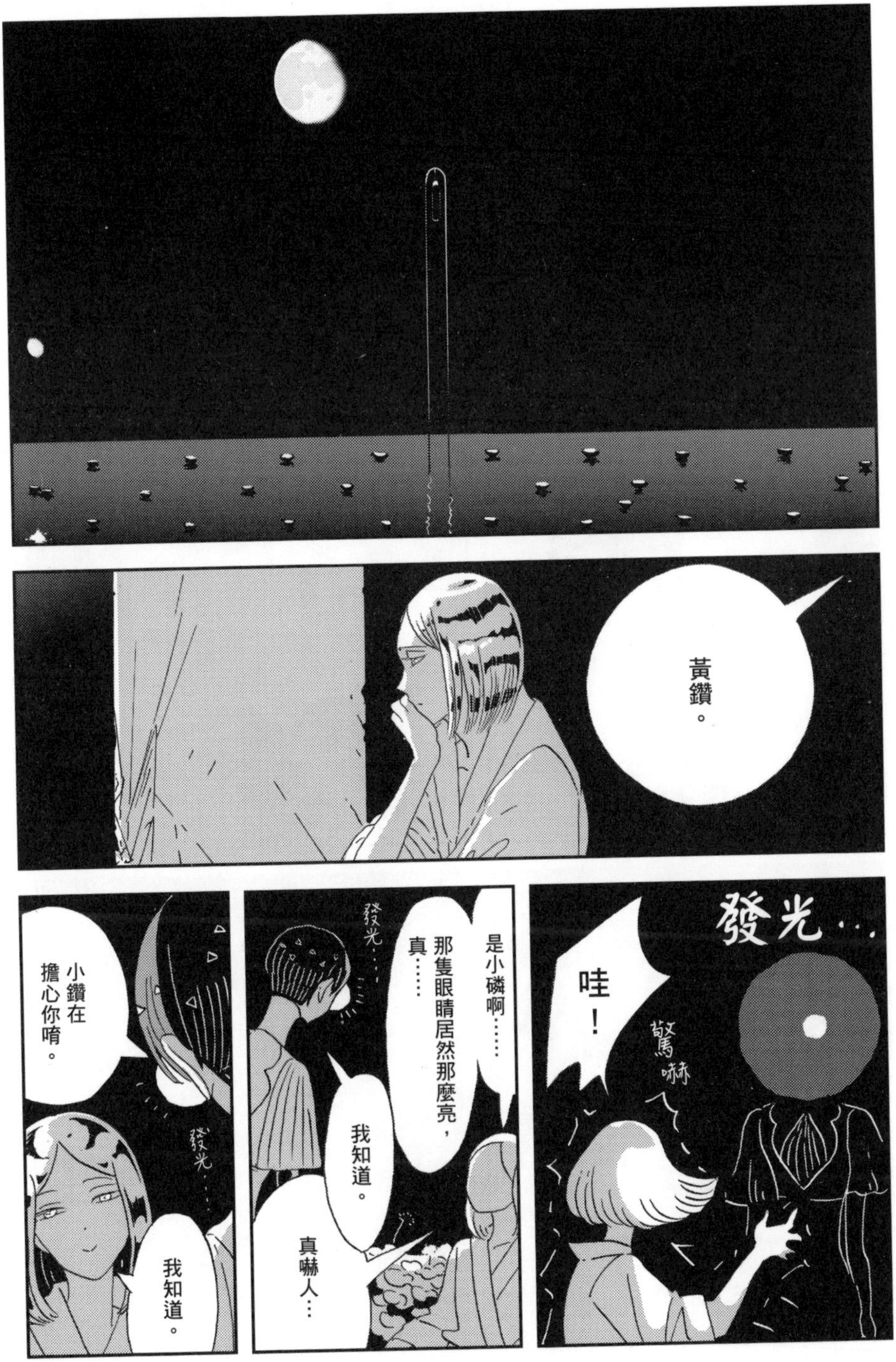
黃鑽。
發光…
哇！
驚嚇
發光……
是小磷啊……那隻眼睛居然那麼亮，真……
我知道。
真嚇人…
小鑽在擔心你唷。
發光……
我知道。

你回得來，表示其他寶石也還有希望回得來。
不過嘛，要說是你比較特別，我也沒話講……
你真的是很特別……
我瞭……
就算如此，
我無法思考其他的事，戰鬥時無法集中。
「希望」真是累贅呀。
想見他們嗎？
想跟他們道歉。

紅寶石。
藍寶石。
綠鑽石。
粉紅黃玉。
就算他們沒辦法像你一樣回來，我想再跟他們說說話。
鑽石一族真特別。
要是想起月亮上的事，我會跟你說的。
嗯嗯。

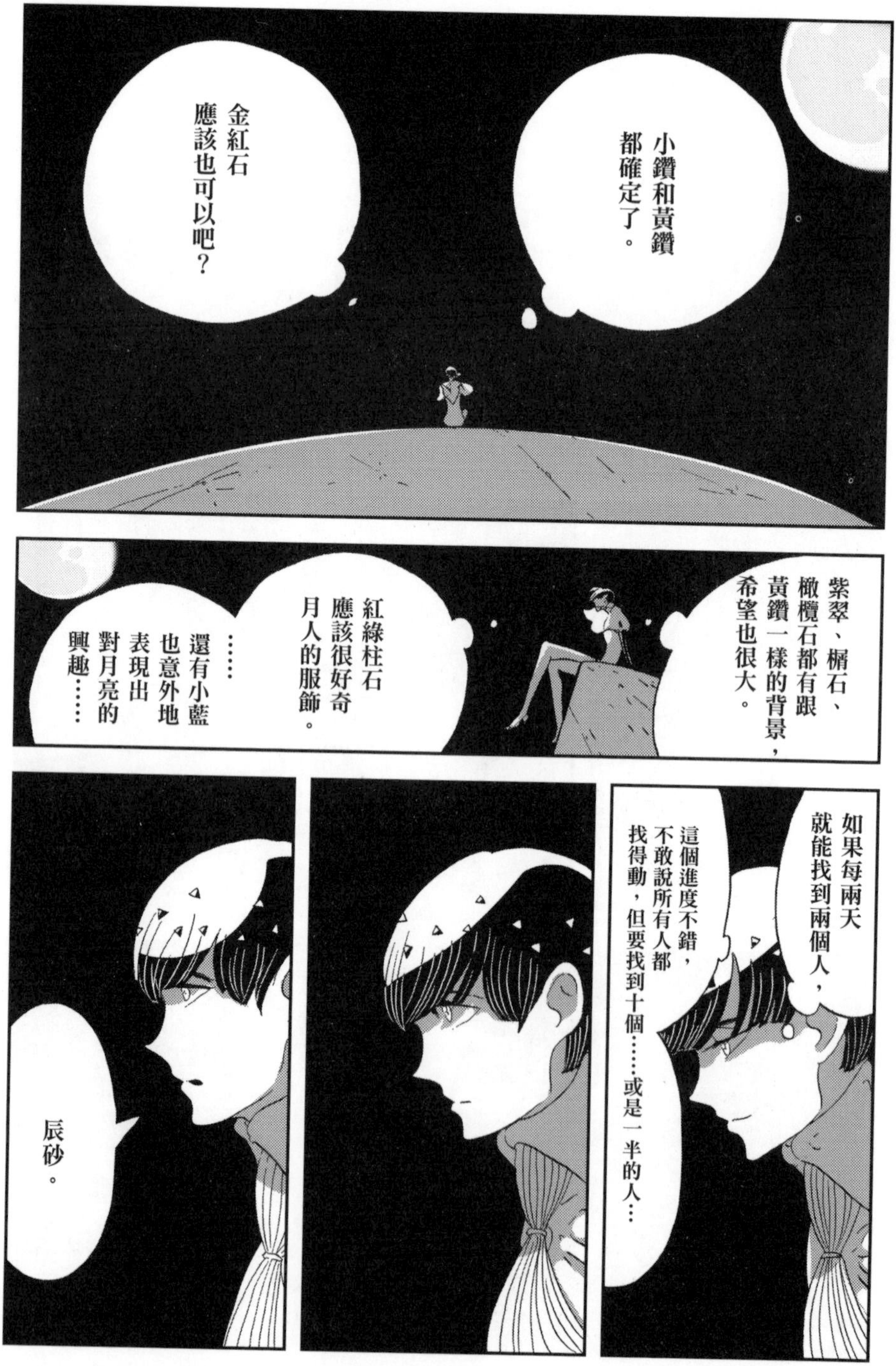
小鑽和黃鑽都確定了。
金紅石應該也可以吧？
紫翠、榍石、橄欖石都有跟黃鑽一樣的背景，希望也很大。
紅綠柱石應該很好奇月人的服飾。
……還有小藍也意外地表現出對月亮的興趣……
如果每兩天就能找到兩個人，
這個進度不錯，不敢說所有人都找得動，但要找到十個……或是一半的人…
辰砂。

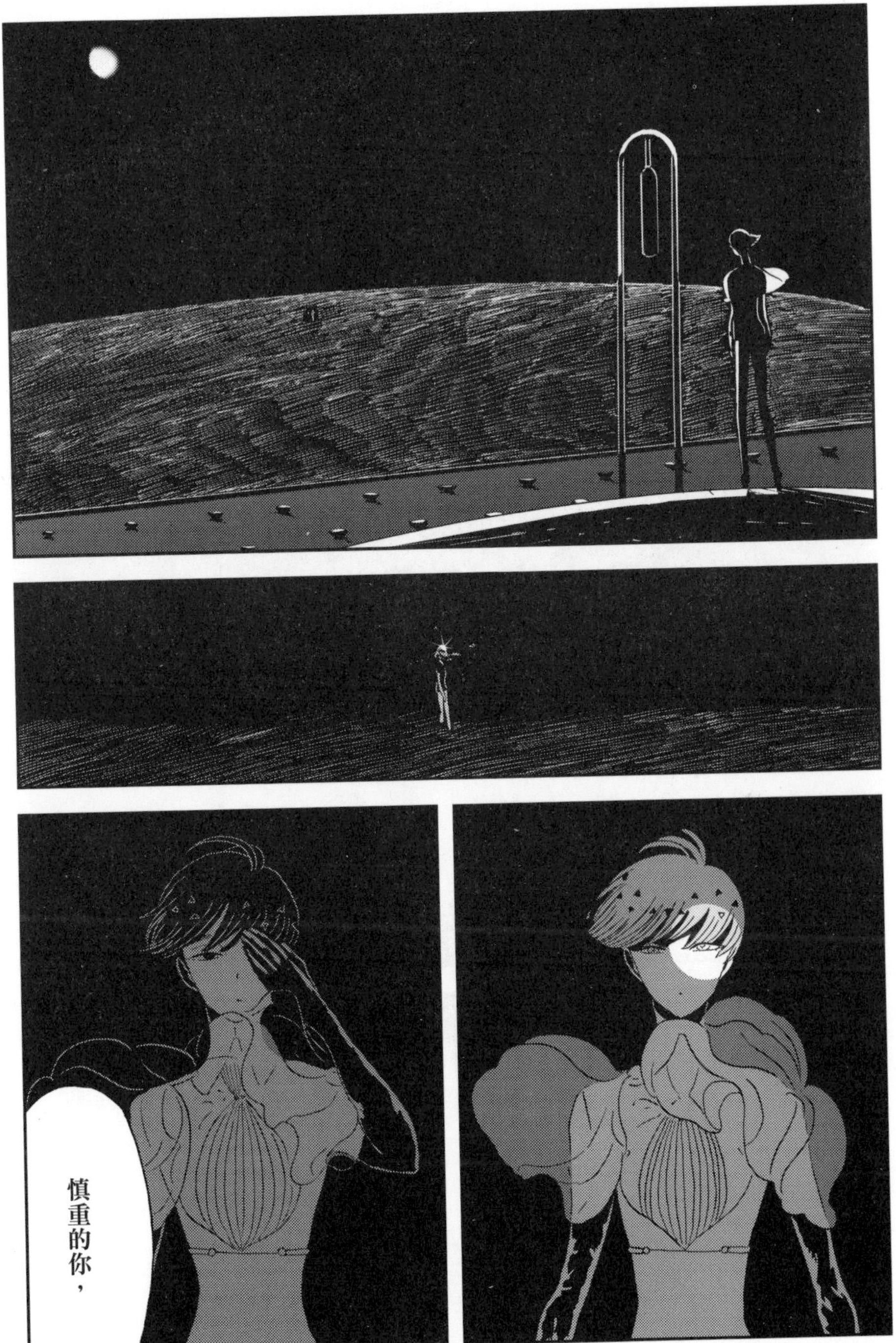
慎重的你，

不確定因素太多，而且想必會生氣吧。
最後再問。
二十六天……
小磷！

黑點！
兩天前？不對，三天前那個大隻的又來了！
在西之濱！我來去叫老師！
拜託你囉！
咦？
跟說好的，
不太一樣？

〔第五十九話　動搖〕　終

第六十話
懷疑

我來處理！
小磷！
蹬

哇！
嘶
賽米……
嘶……
小磷！

吹
賽米……
含
吸

我好擔心，所以就來了～
因為在這我會沒辦法呼吸，
去跟王子談過，他就做了這個「邊戰鬥又能邊說話的棒子」給我～！太強了～！不愧是王子啊～！
表情微妙
磷葉石大人，作戰還順利嗎？
那傢伙的確有可能擺那表情～！
那真是太好啦～
那就照原定計畫再見囉。

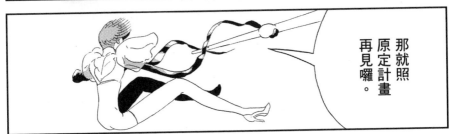

嘰
成功了！
嘩啦
小磷！

啪啦啪啦啪啦
沒事吧!?
我去叫金紅石唷~
算是吧……
起身
你回來時也是掉到海裡，
白粉都沒脫落耶。
真的耶。
我還真的沒察覺
不是樹脂。
看來是月亮的科技。
是喔。
真厲害。
小藍。

你該不會對月亮有興趣吧？
哪哪哪哪哪有啊～！
心神不寧
哪會有興趣啊～～～？他們不是敵人嗎～～～～～？
看來是有嘛。
焦慮不安
哎～……怎麼說呢。
像我，
跟其他人比起來普通到不行，對吧？所以對像月人那種超怪的傢伙，
反而有點崇拜。
小柱很怪吧？
小柱的確很怪。
對吧……

跟他一直在一起，讓我都懷疑起「普通」有意義嗎？
有時候甚至沒了自信。
可別跟小柱說唷。
嗯。
這陣子，
紫翠怪怪的。

待在房間裡都不出來，去探望他時，發現他一直在發呆，髮色忽明忽暗的，叫他好像也沒聽到。
是呀。
榍石、橄欖石、紅綠柱石工作也沒有平常那樣幹練，好像一直出錯，
我收到報告說材料都已經用完了。
啊
唰啦
啊
啊——！
我真的不是很想這麼說…
果然是，
從小磷回來之後開始的？
嗯，正確來說，
是從他們聽了回來之後的小磷說的事開始。
……是吧。

然後，
最後一樣東西
我試著吃進嘴巴，
有點糊糊黏黏的。
那是什麼啊……
什麼?!
不知道到底
是什麼東西
還吃下去？
嗚哇～
好噁～
想吐～
今天說了
什麼呢？
記憶
恢復了
是好事。
可是如果大家
沒有相同的資訊，
會因為各自的想像
而產生不安。
老師是體諒
你的身體
狀況，所以
叫你不用跟
他報告。
希望你不要
片片段段跟大家說，
要先讓我們知道。
啊……
抱歉。

小磷也很不安吧。
對不起。
早點睡唷。
好~
小磷說的內容果然很危險。
呃，是嗎？
小磷自己沒說月亮的好或壞，聽者必須憑藉自己的判斷，於是對月亮累積了許多合乎各自想像的部分。
這種試探對方的方式，我還記得，那是……

青金岩。
他真的是很聰慧又溫柔的孩子，
但是個性某些部分有點危險。
他把聰明才智用在滿足自己對知識的好奇心，而不是為了讓大家更好，一直樂此不疲。
小磷接上小青的頭因而繼承了他的這項個性特質，這也沒辦法……
但是我感受到另一層面的意圖。
……會這樣想真令人悲傷啊。
從月亮回來的，

真的是小磷嗎？
那裡也傳說月亮和我們這顆星球很久以前是同一顆。
只是現在風景和生活變得很不一樣。
哼嗯～也就是說，要是我們在那邊生活的話，個性也會完全不同嗎？
喀咖
也許喔，三十。
嗯？還是八十？
都沒差啦。

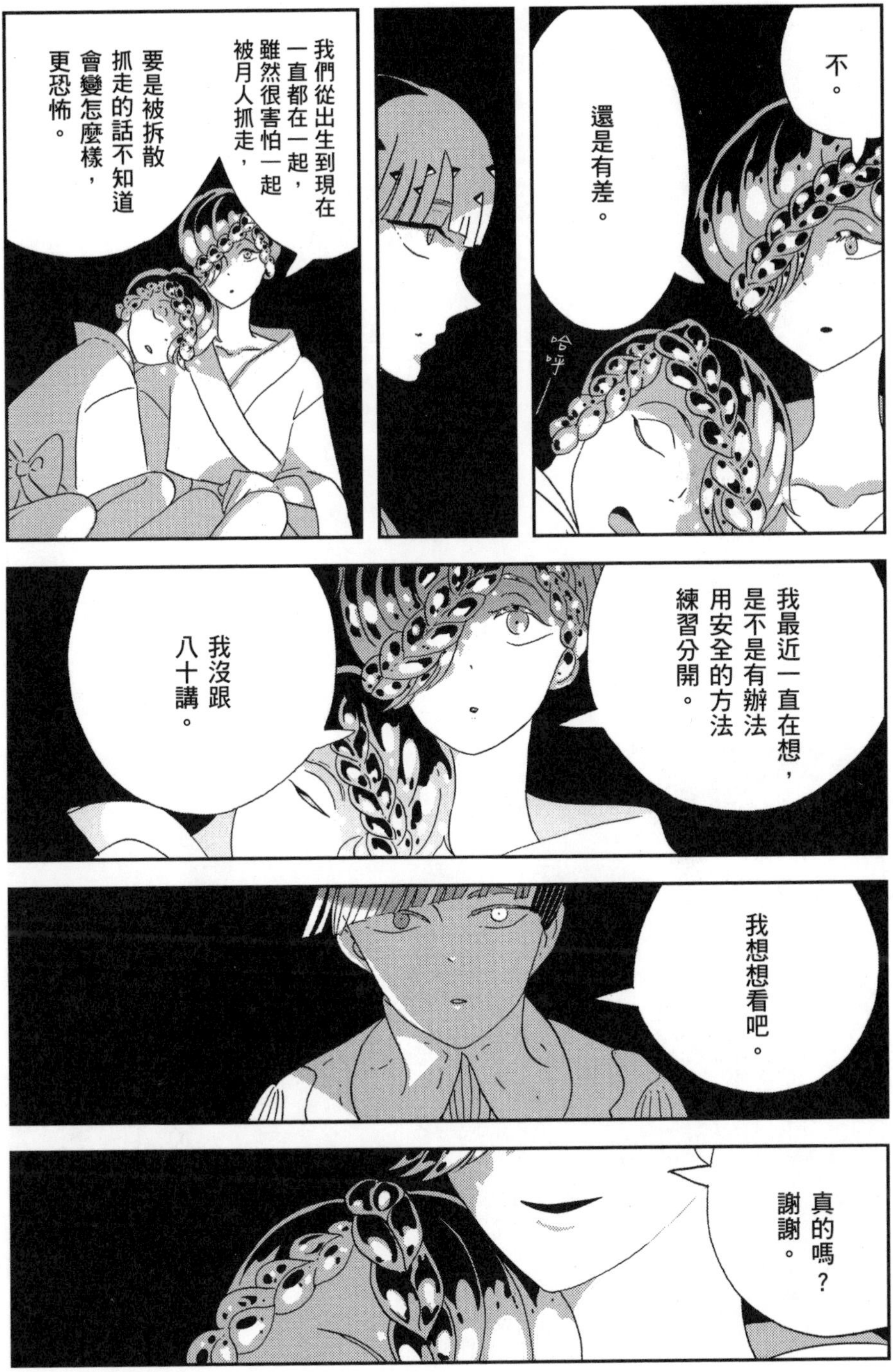
不。
還是有差。
哈呼
我們從出生到現在一直都在一起，雖然很害怕一起被月人抓走，
要是被拆散抓走的話不知道會變怎麼樣，更恐怖。
我最近一直在想，是不是有辦法用安全的方法練習分開。
我沒跟八十講。
我想想看吧。
真的嗎？謝謝。

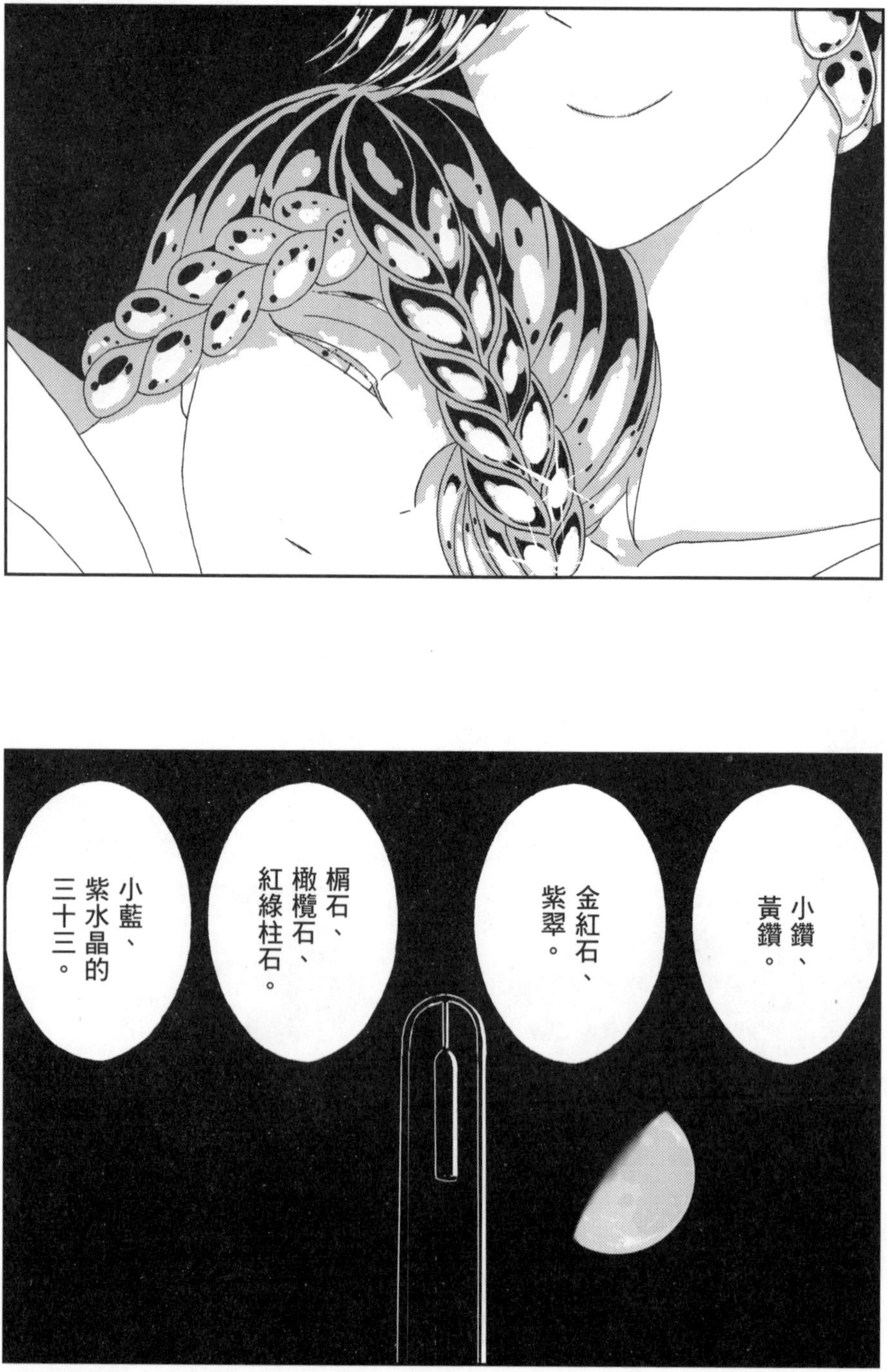
小鑽、黃鑽。
金紅石、紫翠。
榍石、橄欖石、紅綠柱石。
小藍、紫水晶的三十三。

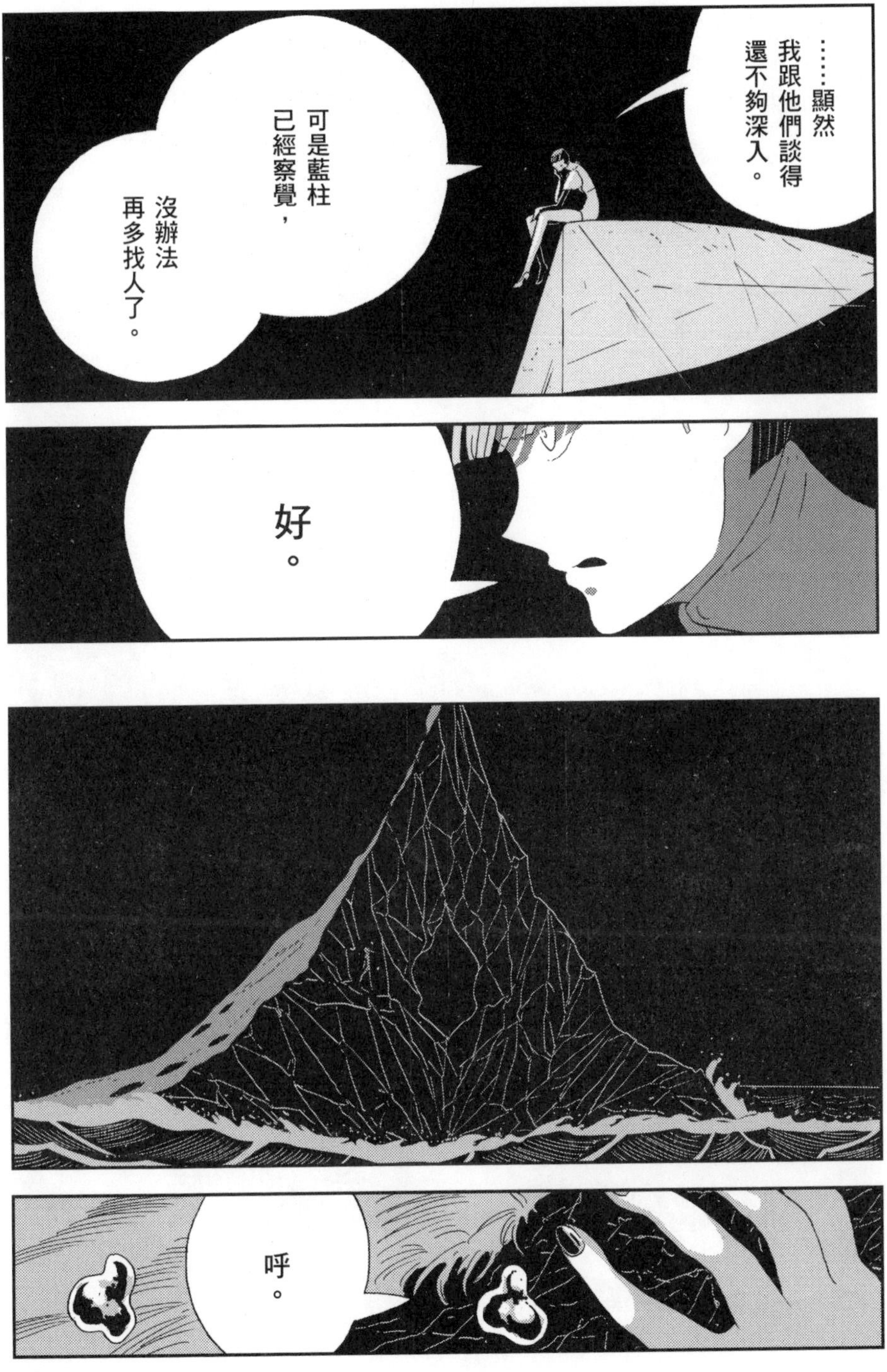
……顯然我跟他們談得還不夠深入。
可是藍柱已經察覺，
沒辦法再多找人了。
好。
呼。

〔第六十話　懷疑〕　終

第六十一話
訣別

我成為，
第一個回來的人了。
你這傢伙，
上次有聽到嘛……？
老師的真實身分是人類的工具。
人類，是過去曾經存在的生物。
月人說老師是他們為了自己做的工具。

目前為止如何？
…………
無言以對也很正常……
那請等我說完吧。
月人的目的是要使用老師。
但就像你所知道的，這跟我們理解的工具意思不同，所以進行得不太順利。
抓走我們是為了刺激老師，將他重視的人事物一點一滴剝奪而去，使他憤怒進而啟動功能，似乎是這樣。
我三天後要回去月亮。
我們要是以自己的意志決定去月亮，
就能使老師的內心動搖。這從來沒成功過，要是達到月人的希望，
我們一定會有大大的改變。

這次
跟我一起去吧。
小鑽、
黃鑽，
還有其他人
也會
一起去。

這樣老師太可憐了。
我不去。

你這白癡~！
老師的出身跟我們完全不同！本來就沒有關係！
只是因為他太強了所以沒辦法反抗他！
不需要同情他吧？
我們只是被捲入而已。
快步離去
等等，辰砂，你在聽嗎？
吵死了！
不要在學校旁邊大呼小叫！大家會被你吵醒！
對、對不起。
出現
我還沒講完！

月人的目的只有老師，跟我們沒有關係！
待在老師身邊反而危險啊！
而且！
月亮上也沒那麼糟糕！
我親眼看見了。

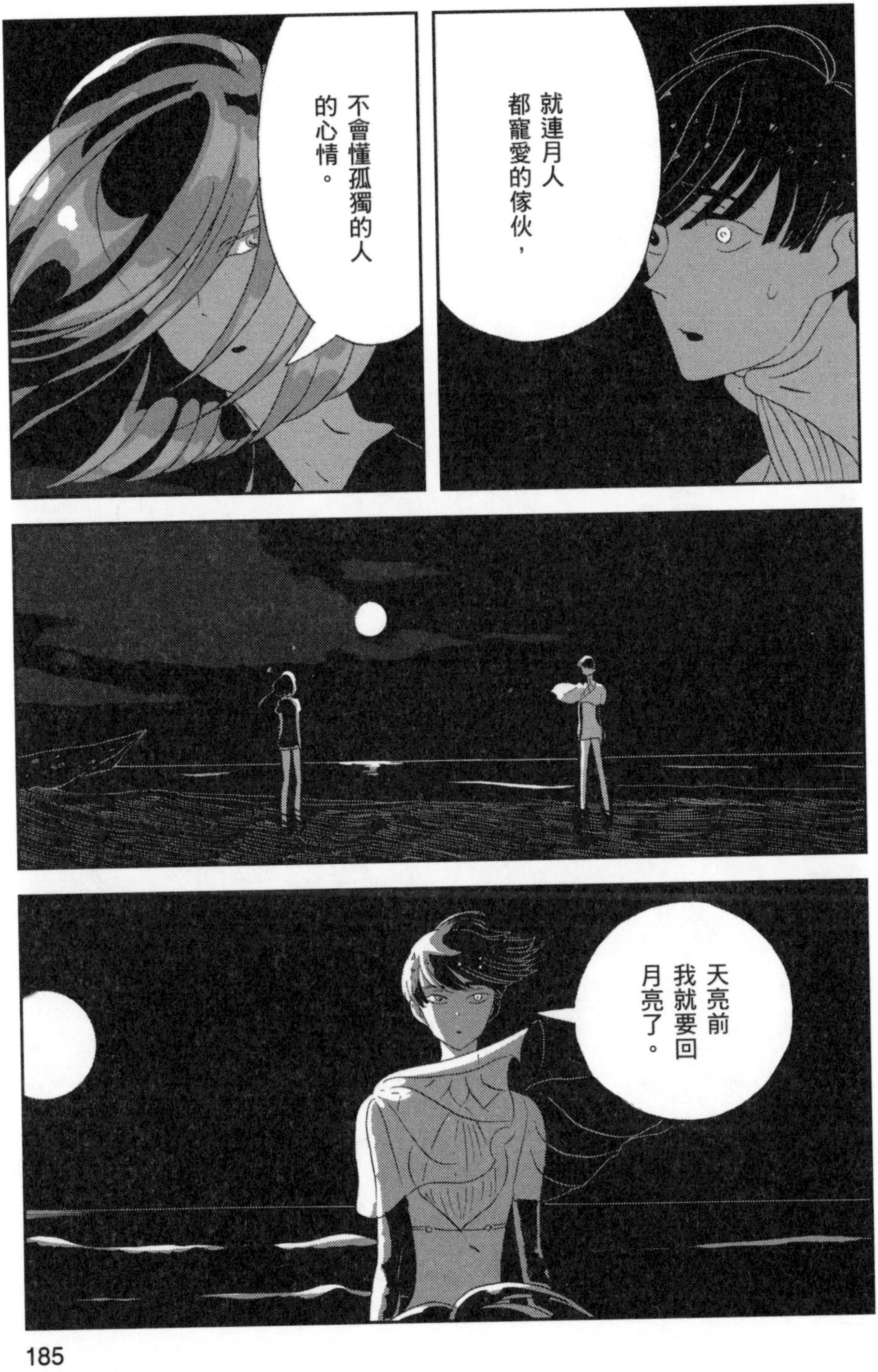
就連月人都寵愛的傢伙，
不會懂孤獨的人的心情。
天亮前我就要回月亮了。

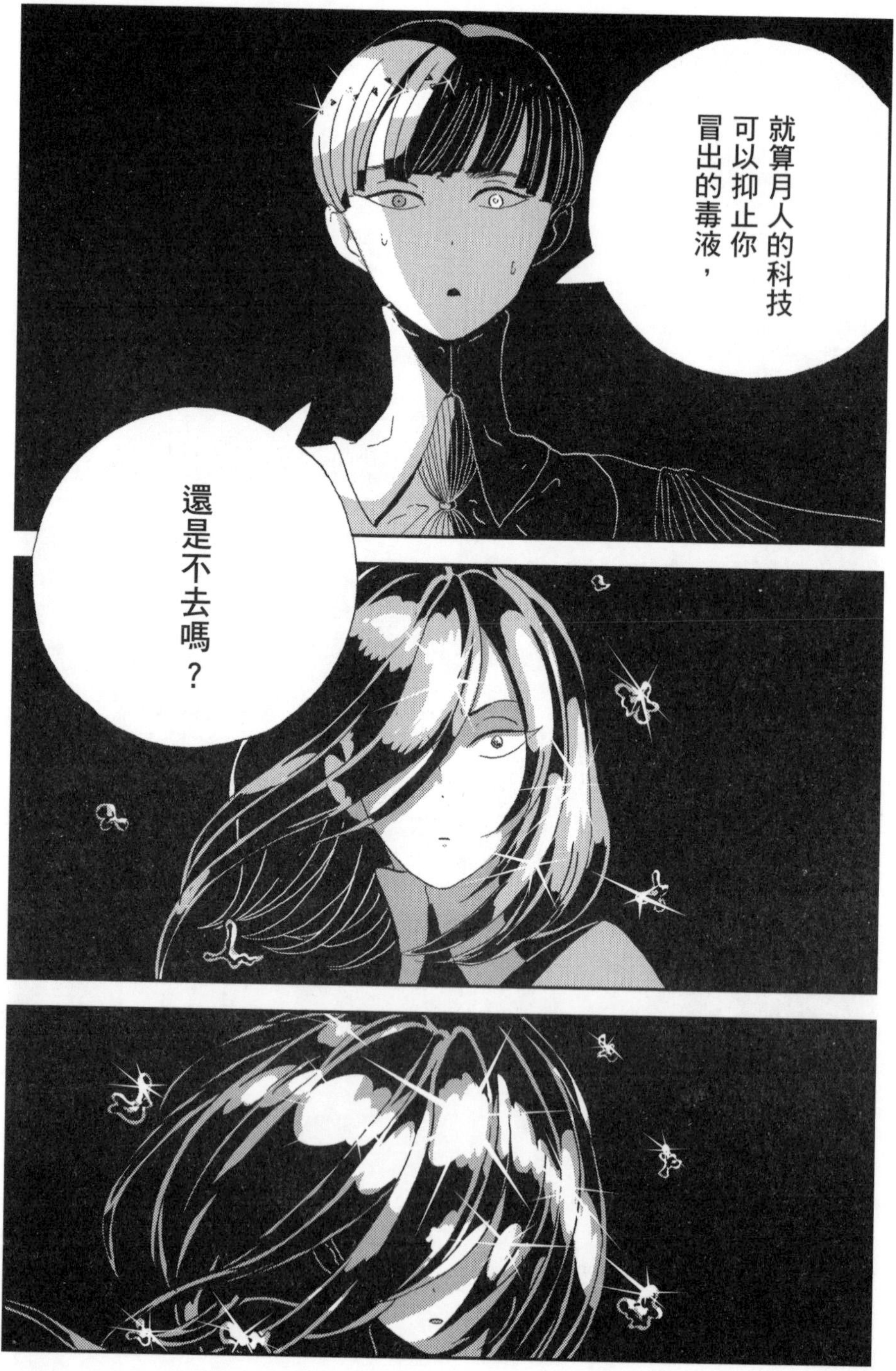
就算月人的科技可以抑止你冒出的毒液，
還是不去嗎？

不去。
……辰砂。
怎麼會……？怎麼辦才好？哪一步做錯了？
不行。

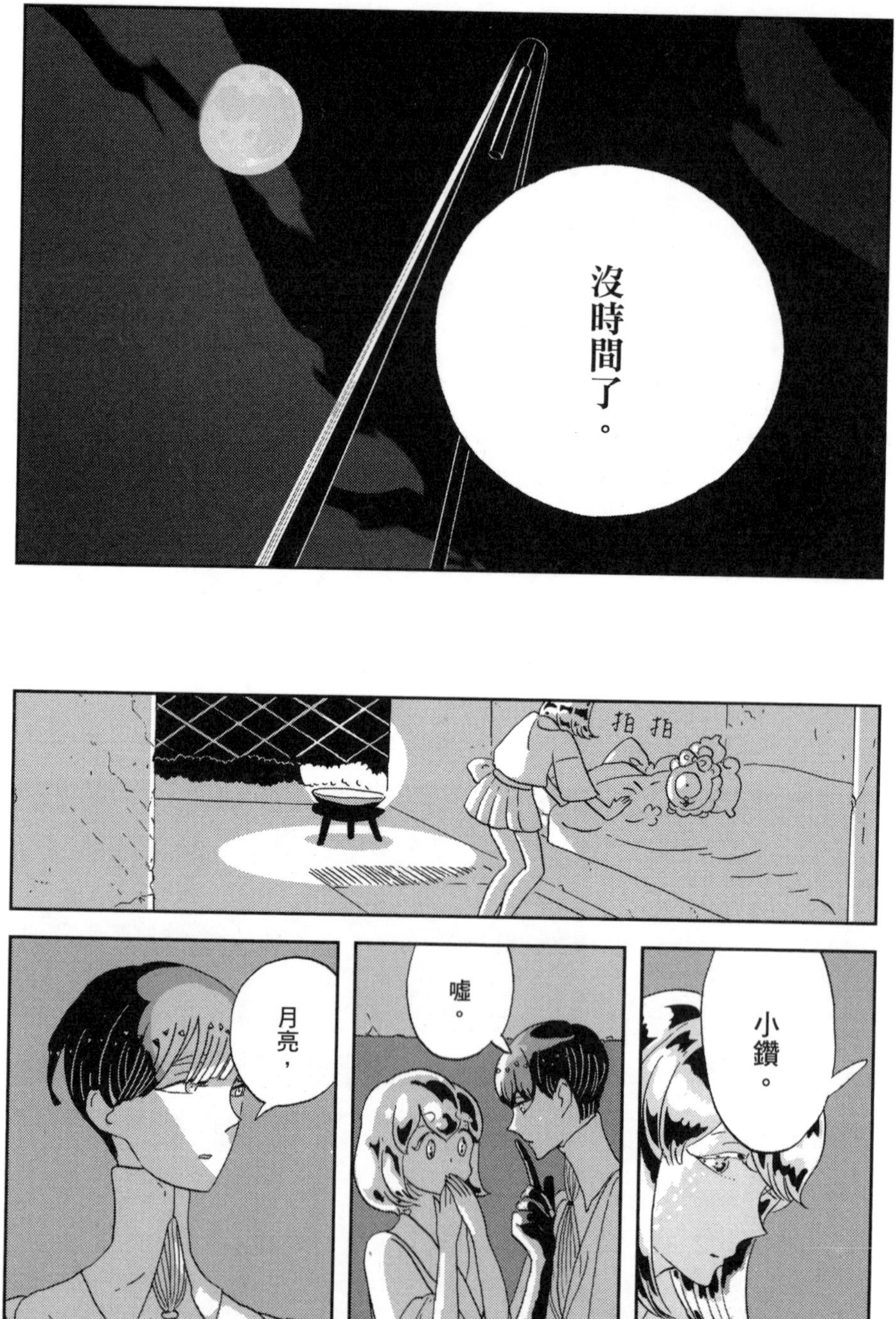
沒時間了。
拍拍
小鑽。
噓。
月亮，

開始傾斜的時候，

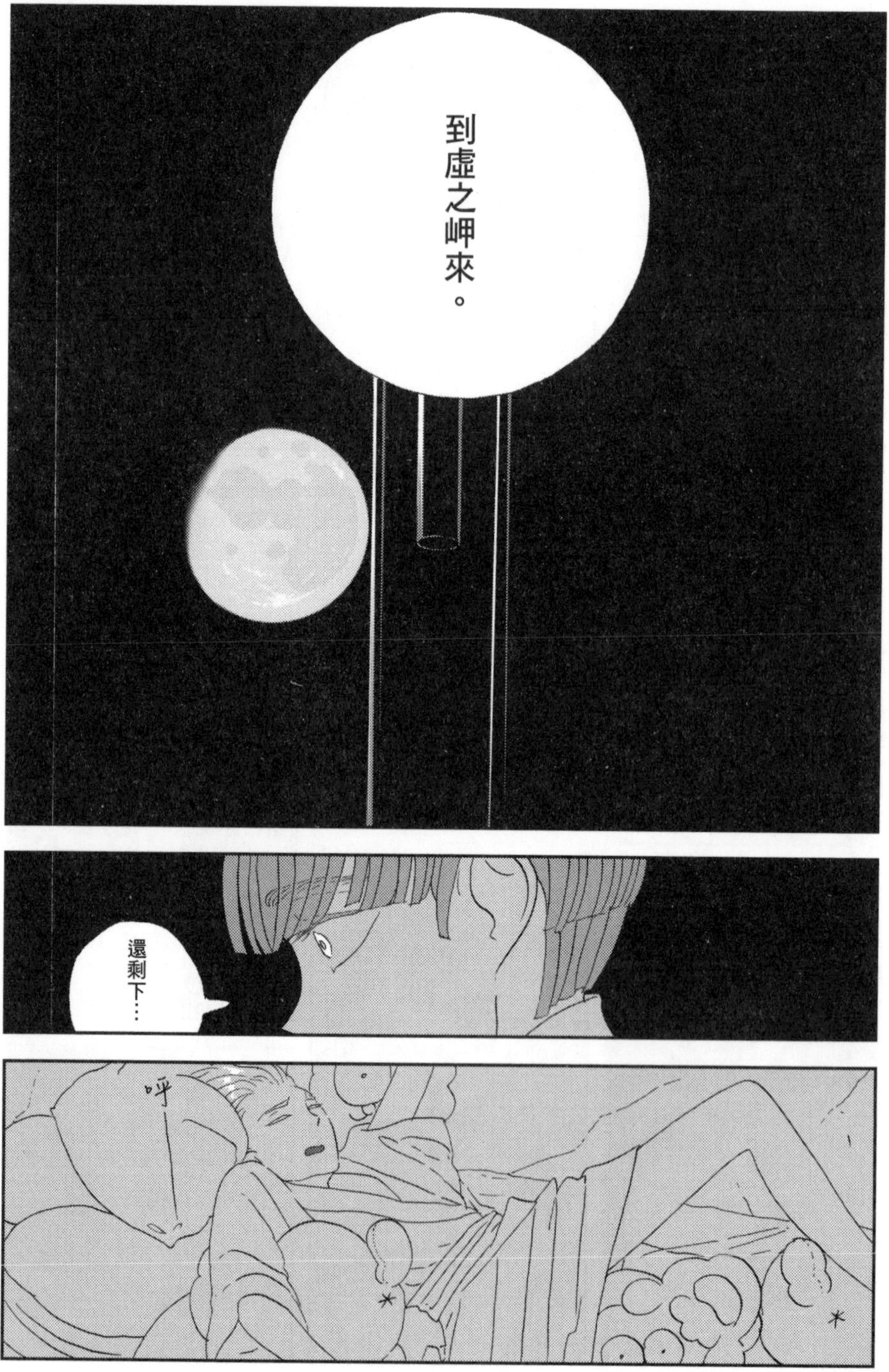
到虛之岬來。
還剩下…
呼

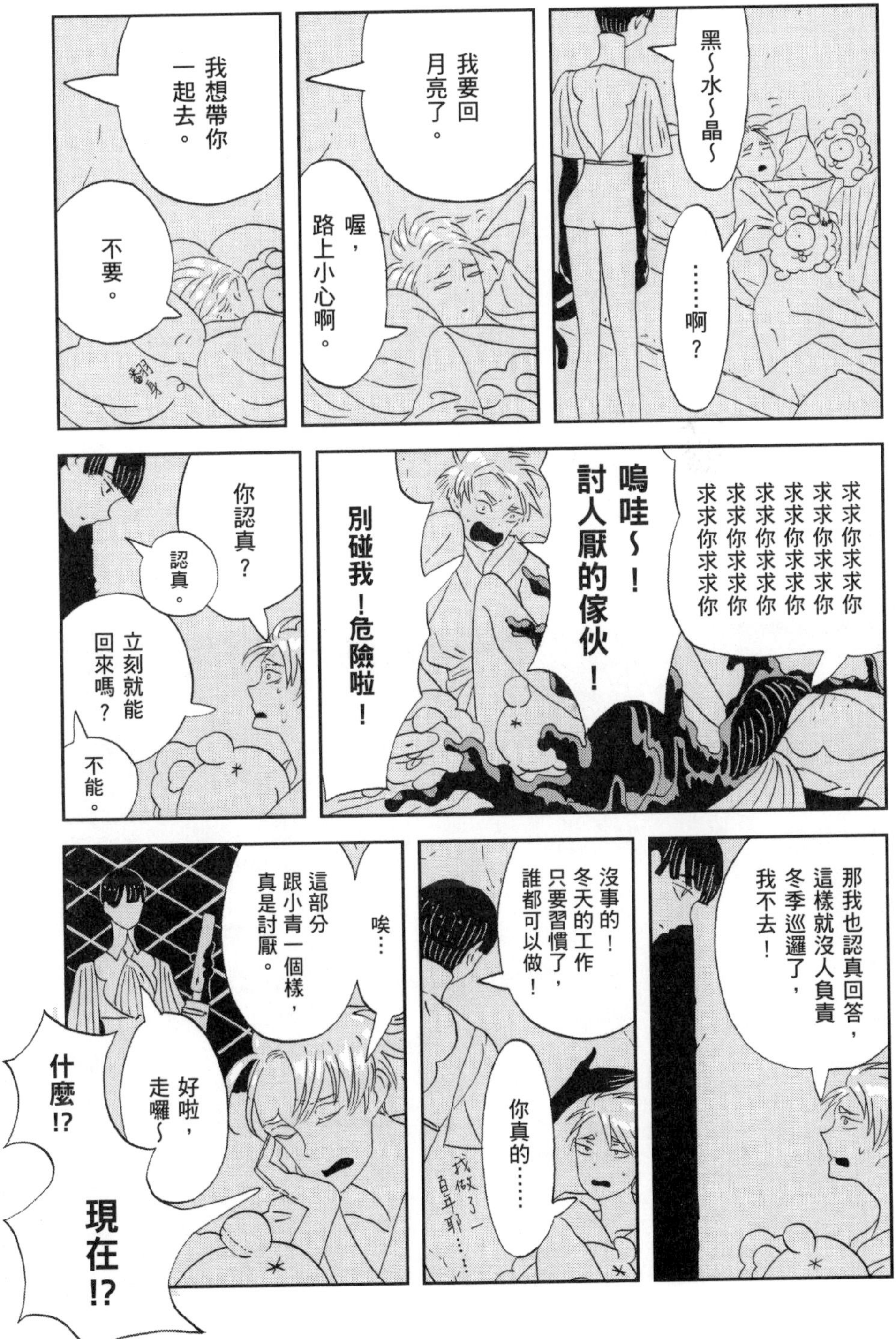
黑～水～晶～
……啊？
我要回月亮了。
喔，路上小心啊。
我想帶你一起去。
不要。
求求你求求你求求你求求你求求你求求你求求你求求你求求你求求你
嗚哇～！討人厭的傢伙！
別碰我！危險啦！
你認真？
認真。
立刻就能回來嗎？
不能。
那我也認真回答，這樣就沒人負責冬季巡邏了，我不去！
沒事的！冬天的工作只要習慣了，誰都可以做！
你真的……
我做了一百年耶……
唉……
這部分跟小青一個樣，真是討厭。
好啦，走囉～
什麼!?
現在!?

唉⋯
真是拿你沒輒⋯⋯

嘰
啊……

〔第六十一話　訣別〕　終

睡衣之國
攤開
不過只是睡個覺，為什麼每年都要穿這樣？
不過只是睡個覺？
我什麼都沒說。
喂。
怎樣？
嗯……
不要歪著頭欲言又止，是你要我穿的。
每年。
這樣很傷人
抱歉抱歉，你誤會了～！
黑水晶是從小幽分出來的，體型比大家稍微小一點吧？跟我原先的想像及平衡度不太一樣，不容易做！
不過這讓我很有幹勁！
啊～是齁是齁。
很難睡。
忍耐。
完結

ISBN 978-986-235-774-3

售價： 250 元

PaperFilm FC2040

宝石之國 8

2019 年 9 月　一版一刷
2024 年 5 月　一版八刷

作　　者／市川春子
譯　　者／謝仲庭
責任編輯／謝至平
行銷企劃／陳彩玉、陳紫晴
中文版裝幀設計／馮議徹
排　　版／漾格科技股份有限公司
編輯總監／劉麗真
事業群總經理／謝至平
發 行 人／何飛鵬
出　　版／臉譜出版
城邦文化事業股份有限公司
台北市南港區昆陽街16號4樓
電話：886-2-25000888　傳真：886-2-25001951
發　　行／英屬蓋曼群島商家庭傳媒股份有限公司城邦分公司
台北市南港區昆陽街16號8樓
客服專線：02-25007718；25007719
24小時傳真專線：02-25001990；25001991
服務時間：週一至週五上午09:30-12:00；下午13:30-17:00
劃撥帳號：19863813　戶名：書虫股份有限公司
讀者服務信箱：service@readingclub.com.tw
城邦網址：http://www.cite.com.tw
香港發行所／城邦（香港）出版集團有限公司
香港九龍土瓜灣土瓜灣道86號順聯工業大廈6樓A室
電話：852-25086231　傳真：852-25789337
新馬發行所／城邦（新、馬）出版集團
Cite（M）Sdn. Bhd.（458372U）
41-3, Jalan Radin Anum, Bandar Baru Sri Petaling,
57000 Kuala Lumpur, Malaysia.
電話：603-90563833　傳真：603-90576622
電子信箱：services@cite.my

作者／市川春子
以投稿作《蟲與歌》（虫と歌）榮獲Afternoon 2006年夏天四季大賞後，以《星之戀人》（星の恋人）出道。首部作品集《蟲與歌　市川春子作品集》獲得第十四屆手塚治虫文化賞新生賞，第二部作品《二十五點的休假　市川春子作品集2》（25時のバカンス 市川春子作品集 2）獲得漫畫大賞2012第五名。《寶石之國》是她首部長篇連載作品。

譯者／謝仲庭
音樂工作者、吉他教師、翻譯。熱愛音樂、書本、堆砌文字及轉化語言。譯有《悠悠哉哉》、《攻殼機動隊1.5》等。